二十多岁
会闪闪发光吗

白雪◎著

图书在版编目（CIP）数据

二十多岁会闪闪发光吗 / 白雪著. -- 北京：当代世界出版社, 2024.9. -- ISBN 978-7-5090-1837-8
Ⅰ．I267
中国国家版本馆 CIP 数据核字第 2024Q2E681 号

书　　名	二十多岁会闪闪发光吗
作　　者	白　雪
出 品 人	李双伍
监　　制	吕　辉
统　　筹	孙　真
责任编辑	李玢穗
出版发行	当代世界出版社有限公司
地　　址	北京市东城区地安门东大街 70-9 号
邮　　编	100009
邮　　箱	ddsjchubanshe@163.com
编务电话	（010）83908377
	（010）83908410 转 804
发行电话	（010）83908410 转 812
传　　真	（010）83908410 转 806
经　　销	新华书店
印　　刷	艺通印刷（天津）有限公司
开　　本	880 毫米 ×1230 毫米　1/32
印　　张	8.5
字　　数	144 千字
版　　次	2024 年 9 月第 1 版
印　　次	2024 年 9 月第 1 次
书　　号	ISBN 978-7-5090-1837-8
定　　价	49.80 元

法律顾问：北京市东卫律师事务所　钱汪龙律师团队（010）65542827
版权所有，翻印必究；未经许可，不得转载。

序言：那些回不去的好时光

写这本书的时候，我懂了点儿事，但是对于好多东西，我还是囫囵吞枣的，并不太懂。

觉得自己喜欢的东西就要去争取，但是到底该怎么去争取，争取到什么程度，我还是拎不清。我努力装作释然洒脱的样子，去解答一些当时的我根本还没有想明白的问题。

不过这种稚嫩，也恰好带着青春的印记——美好、纯粹、自信、通透而又坚韧。

如果你有心记录，你会惊讶地发觉，每一年，你的想法、你的境遇、你所相处的人和事都会有翻天覆地的变化，而在这些变化真正到来之前，往往你并不自知。

如今，我回看当年写作的点滴、青涩稚嫩的文笔，觉得可爱、单纯又有趣。里面确实有一些悲情的段落，但是那时的我，显然还没有这么多的伤感。

那年的我，正春风得意。

十六岁做模特。十八岁参选"世界小姐"并进入了全国赛，结果因为我母亲懒得向我的班主任请假而没去成。十九岁开始做微信公众号，第三个月就接到了第一本书的出版邀约。后又陆续收到湖南卫视、《奇葩说》、优酷综艺的录制邀请，紧接着书又反复加印，然后收入也噌噌噌地往上提，也能"人五人六"地去给台下的行内老师傅吹牛讲经了。还记得那时候有一期的主题是"二十岁，收入百万是一种什么体验"，我还乐颠颠地到台上给人家讲了半个小时。

那段时间，我刚刚从一些不愉快的事情中缓过来，人生迎来了一个崭新的小高潮。虽说前期有点儿落寞，但是这种情绪很快就被冲散，我在顺风顺水中，准备着大学毕业。那时的我有着驰骋疆场、大展宏图的雄心壮志，然后又迅速地经历了投资失败、北漂孤独、广漂不顺，蹲在广州街头哭到晕厥的人生低谷。

如今，我站在当下的年龄阶段，以当下的心境回头看，不知不觉中，感慨万千。

每个人的成长，都像极了股票的涨跌曲线，惊心动魄且无法提前估算。

不过至今，我依然清晰地记得当时收到本书编辑约稿时的激动之情，这比让我去参选"世界小姐"，比让我赚到一百万更让我开心。

那是我回不去的好时光，回头看，我仍对每一段经历都充满感激。是这些经历，成就了如今的我。

在这本书写作过程中，我好多次想过改内文，想根据每个时间段不同的心境，设计全新的主题，想赶紧删除某篇"黑历史"，想时间逆流，想冲回当年某篇文章中那个小孩面前，给浮躁的她几拳，提醒她快快清醒。但是修改过几篇之后，我改变了想法。我意识到每个阶段，都有那个阶段对应的焦虑和对应的美。我不该用如今的感受去抹杀当年的迷茫，我不该篡改和否定当时的心境。

二十岁出头是最孤独的几年，初入社会，身处不太熟悉的环境，没有信任的老师、同学，孤身前行，却要假装带了百万雄兵。

这本书和之前的几本书一样，是一个女生的成长日记，以故事的形式，记录她在成长路上遇到的种种问题：从暗恋，到相处，再到分手，直至声嘶力竭、歇斯底里；从自卑、怯懦，到勇敢、坚定；从孤独地上大学，到背井离乡；从初入社会的迷茫，到一步步走来的勇猛。

世界上本没有天生的将军夫人，你只能嫁给一个小兵，等着他一级一级地晋升，跟着他南征北战。或者，最初你就驰骋沙场，一路披荆斩棘，做自己的将军。

喜欢李筱懿说过的一段话："我欣赏这么一类女

人，当生活需要她们付出代价的时候，哪怕是非常高昂的成本，也不皱眉头，不缩头，不叹气，不算计，坦然支付。她们清楚有些事情的成本非常昂贵，而纠结是最没用的；她们明白青春、多情和美丽不会永驻，不去无谓地伤春悲秋。有能力维持想要的生活，也不排斥别人的帮助，她们豁达和自如的底气是：首先，足够自立；其次，足够有钱；然后，足够自知。"

人一定会出去"打仗"，这是成长的必然。人一辈子都在练习着说再见，很舍不得，但是没办法。缘分这东西，期限到了，半分也不由人。

希望这本书里记录的，也是你的青春。

把爱情当作信仰、把赚钱当作目标的青春，可爱又无畏。

2024年7月9日

目 录
CONTENS

第一章 成长是一场伤筋动骨的痛   001

"90后"月收入多少才算正常   003

孤独就是想吃家里的肉   008

很多东西，越早经历越好   016

就让我这么得过且过   022

我妈让狗睡在了我的被子里   029

务实，才是最高级别的浪漫   034

第二章 你是我的软肋，也是我的盔甲   041

"00后"正式长大成人   043

孤独的形状，像是水   049

谁又不是在一路打怪升级呢   057

希望小丸子永远没有结局   070

你的健康比任何事都重要   078

总有人能给予你尊重和温暖   083

第三章　那些暗恋的兵荒马乱　087

一起吃苦的人没办法一起享福　089

男生日记 vs 女生日记　097

十问前任，男孩你听好　106

多关心陪你一起吃饭的身边人　115

相爱就是要互相珍惜、表达爱意　122

爱没爱对人，过个情人节就知道　129

第四章　和你在一起，才是全世界　133

不要因为假的东西把爱人弄丢　135

大叔变"奶狗"，才是天下第一甜　141

爱无处不在，要满怀期待　146

只愿你依然敢爱敢恨　151

成年人的爱情很艰难　157

让你成熟的人才真的爱你　163

第五章　爱情中三观比五官更重要　169

我还不如小时候会表达爱　171

爱情中三观比五官更重要　179

爱情不是比赛，没有输赢　185

喜欢你的人，不怕麻烦　193

等一个适合的人，结婚　198

分手后的我们学会了好好说话　203

心怀爱意的时候总是无所不能　210

第六章　以后的日子也要与温暖为邻　215

熬过这些艰难的岁月　217
希望你还有坚持下去的勇气　224
我想再为你穿一次白裙子　231
总有人一直等着你，无关爱情　236
给你的男朋友多点儿耐心　243
优质的亲密关系值得等待　250
所有美好的事情即将发生　257

第一章

成长是一场伤筋动骨的痛

> 你可以否认爱情,也可以否认亲情,但是任谁也无法否认孤独,因为我们都曾经在某一刻感受过孤独。曾经以为孤独就是自己与世界的冷落和解,后来才知道孤独就是接受世界的冷落,不再期待。

"90后"月收入多少才算正常

某天,我在网上看到了一个让自己怀疑人生的话题——"90后"月收入多少才算正常。众多网友纷纷在话题下的评论区里晒出了自己的"年度账单"。

翻完网友的评论,我发现,社会对这批"没能力"的"90后"有些残忍。看看他们都说了些什么吧!

思雯:"毕业快一年了,我依然是个月光族。"

上大学的时候,我还蛮渴望毕业的,因为毕业之后就能工作,就可以实现经济独立,就不用伸手向爸妈要钱了,然而却被现实打了脸。

毕业后来到广州这座城市,看着珠江边上的漫天灯火,我第一次感受到了理想和现实的差距。虽然公司不错,但实习的工资每天只有六十元。此外,租房、交通和吃饭,每一项都要花上一大笔钱。

已经毕业了,我不好意思向父母要钱,也不能向身边的朋友借钱,因为他们大多和我一样刚毕业。那段时间，每天上班我都自带便当，因为外卖太贵，也不敢和朋友聚餐，因为一顿饭就会花掉我好几天的工资，更不敢生病，因为住不起医院……

我不知道自己是怎样挺过六个月的实习期的，只记得第一次领到五千元工资的时候，给我爸打了五百元，告诉他，我现在能照顾好自己了。

之后，我每个月的工资都能稳定在七千到八千元。我报了舞蹈班，也开始有能力发展自己的小兴趣，实现一些小愿望。

虽然仍然存不住钱，但我相信，生活总会慢慢地好起来的。

张磊："曾经的我们，年轻过，也都哭过穷。"

过完年回到无锡，我和女朋友去售楼中心领了房子的钥匙。这意味着，我在这个城市终于有了一个自己的家，也意味着，从这一刻开始，我就成了房奴，三十多年的房奴。

我是一名程序员，虽然这个职业给人的第一印象是高薪，但光凭我个人的工资还是买不起房子。我算比较幸运的，和女友是在大学里认识的，而且老家都在同一个地方，毕业后也一起来到这座城市工作。我们都很喜欢这座城市，想以后在这里长期发展。

我们俩都是独生子女，也都来自工薪家庭，这次买房，两家父母各支持了四十万元。我们打算明年就结婚，车已经买好了，虽然才二十多岁，但我的人生大事好像都已经完成了。

以后攒点儿钱就出去旅旅游，再带父母出国走走。我们度蜜月的地方也已经选好了，就去巴厘岛。

我好像现在就能看到我以后的生活了，也不知道这是好事还是坏事。

朱颜廷："我月薪三万元，但加班加到内分泌失调。"

在"魔都"上完大学后，我就进了一家外企工作。

上海太大了，大到没有能力的人往往会被忽略，大到晚上在南京路上走着，望着华灯初上，内心都能感到孤单和自卑。

在"魔都"，我无亲无故，只有在大学里认识的一些朋友。有一次，我高烧四十度，差点儿引发心肌炎，最后还是我自己挣扎着打车去医院住了一周院。

也许一个人待久了，自然就变得坚强了。我想在这个城市扎根，工作上我是个"拼命三郎"，也是别人眼中的女强人。

毕业六年，我不断升职，也不断地跳槽。虽然如今拿着很多人都羡慕的工资，但我几乎没有自己的私人生活。每天都在加班，假期也是抱着电脑在工作。

从去年开始，我的脸上开始大片大片地爆痘，医生说这是长期熬夜导致的。

我还没有男朋友，但也想结婚了。我想再干一年，就辞了工作回老家去发展。

我不是在逃避，只是到了一定的年龄，我更知道自己需要什么，应该做什么。

王磊："因为生活，相恋三年的女友和我分手了。"

她离开的那天，我竟然不太难过。

我并不怪她，因为这几年她跟着我吃了很多很多的苦。我想给她一个美好的未来，毕业后这两年里我做过销售，卖过保险，甚至自己创过业，但最后都没赚到什么钱。

两个人在一起的开销太大了，出门就要花钱，还要买各种节日礼物。前两天，有个大学同学过生日，我随了五百元的礼钱，想想都肉疼。

在一起的时候，我俩的工资加起来，扣完五险一金后才八千元，根本攒不下钱。大连的房价太贵了，她家人让我买房，而我就算再干三年，也掏不起首付的钱。

算了，我不想再耽误她了。说不难过都是假的，没想到我们会以这样的方式分手。

我现在不想谈恋爱了，还是先努力打拼，好好赚钱。

现在，最早一批"90后"已经三十四岁了。原来，在不知不觉中，作为"90后"的我们也已经老了。

作为"90后"的你，习惯每次过年回家，被催婚、问工资了吗？

作为"90后"的你，适应刚毕业就要扛起就业和买房两座大山了吗？

作为"90后"的你，作为独生子女的你，作为空巢青年的你，面对这个社会的重重挑战，拥有应对能力了吗？

我有时候会觉得，这个社会对年轻人太苛刻了。

作为"90后"，或许我们在很多方面都还没有达标，但请再给我们一点儿耐心和时间，让我们丰满自己的羽翼。可能现在的我们，大多住着租来的房子，拿着几千元的月薪，做着看似遥不可及的梦，但我们中的每一个人，都在脚踏实地地努力。

这个社会会越来越好，"90后"们也一定会越来越好的。如果可以，请对"90后"们好一点儿。

孤独就是想吃家里的肉

我曾无数次想,如果自己是一只蚂蚁多好,生下来就在蚂蚁窝里,过着平和而拥挤的生活。

伸出一只手就能碰到另一只手,转身就能靠上另一个的背。它们不会说话,所以免去了争吵;它们大脑不够发达,所以不会拐弯抹角。

它们整天为食物忙碌,所以不会在其他事情上浪费精力。它们的一生很短暂,所以分给辛酸、苦楚的时间也很短。更重要的是,它们心智不全,所以无法感知孤独。

你可以否认爱情,也可以否认亲情,但是任谁也无法否认孤独,因为我们都曾经在某一刻感受过孤独。

很小的时候,一次放学回家的路上,所有小朋友都买了冰棍在吃,但是因为我身体不好,一吃零食就会拉肚子,妈妈怕我买零食吃,从来不给我零花钱。

那时候,周围小朋友都在舔着五颜六色的冰棍,我只能低头攥紧手中的书包,飞快地跑回家。

那时候，我对孤独的感受就是：你们都有，而我没有。

后来长大一点儿，转学到别的城市读书，全班同学都会说普通话，只有我一个人说着带有浓重地方口音的话。我每次说话只能一个字一个字地说，不然老师和同学就都听不懂。

那时候，我以为的孤独就是：我听懂了你的意思，但是要把"我听懂了"传达出去都很困难。

到了有心事的年纪，我喜欢一个男孩，感觉他对我也有好感，但是我们始终没有捅破那层窗户纸。后来他转学走了，没来得及留下联系方式，也没有留下他的照片，好像我从此就把他弄丢在人海里，再也找不到了。

那个时候，我以为孤独都和爱情挂钩。

或者有缘无分，或者单相思，总之是爱而不得。后来，孤独和太多事有关。比如费尽心思去解释，却依然被误解；难过时翻通讯录，手在手机屏幕上划来划去，却找不到一个可以打电话倾诉的人；周围一群人都在笑，而我不知道她们在笑什么，为了不让自己尴尬，只好假笑；自己一个人去图书馆、上下课与吃饭。

我听过的对孤独最好的解释是：将"孤独"这两个字拆开来看，有孩童，有瓜果，有小犬，有蚊蝇，足以撑起一个盛夏傍晚的巷子口，应该是人情味十足。稚儿擎瓜柳棚下,细犬逐蝶窄巷中。人间繁华多笑语,唯我空余两鬓风。孩童、瓜果、猫狗、飞蝇,盛夏的巷口当然热闹,但是这些都和你无关,这就叫孤独。

从来都是这样,热闹是他们的,我们什么也没有。

生命中有太多这样的时刻:曾经无话不谈的朋友,后来面对面坐着却不知道说什么。

越来越感觉到节日的意义,不是亲友相聚、举杯同庆,而是将亲朋之间随着年龄渐增而生出的隔阂霍然呈现在你眼前,让孤独刻在你心上。

有些人认为不合群导致了自己的孤独,拼命融入一个圈子,但是过来人都知道:不合群是表面的孤独,合群了才是内心的孤独。圈子不同,不必强融。

他们曾经为孤独所苦,也曾经努力去对抗孤独,但是终究与孤独和解。

张歌,网易云用户:"那一刻忽然就觉得有一点儿想哭。"

一次,公司接了一个大单子,需要协调原料。我急急忙忙就去分公司出差了,回来的时候发现屋里一股臭味。

我到处寻找臭味来源,闻了半天,发现是垃圾桶里的泡面汤。我捏着鼻子收拾干净垃圾桶,坐在沙发上,才发现电视还开着。

电视剧已经播到第二十集了，但是记忆里自己只看到第五集，摸摸电视机后盖，热得发烫。

关了电视，我准备洗洗睡了，走进卧室才发现浴灯还开着，又赶紧关了浴灯——幸好没有酿成火灾。

那一刻我忽然就觉得有一点儿想哭：原来真的只有自己一个人时，犯迷糊了有可能会烧掉一个家。

李芸，微博用户："看起来好像是有一伙朋友，但其实自己就像她们的一个小跟班。"

以前觉得孤独就是不合群，干什么都是一个人，而这种状态总是会让别人以为自己有性格上的缺陷。

那时候，老师劝过我，父母也和我谈过心，都是让我多和同学交流，不要总是一个人。听他们说话，感觉他们是斟酌了很久的样子，但是我还是很伤心，因为在他们眼里，我的性格有缺陷。

后来上了高中，我努力改变自己，有点儿讨好地和周围的人相处。看起来好像是有一伙朋友，但其实自己就像她们的一个小跟班，在她们中间也说不上什么话，后来就渐渐地和她们疏远了。我感觉自己高中那三年，每一天都很孤独。

李倩，知乎用户："感觉自己越来越冷漠了。"

我身边没有太多的朋友，我也不太爱说话，网上说的那些学生时代最孤独的时刻，我都经历过。

比如你蹲下系鞋带，一抬头发现其他人都走远了，没有人会等你；再比如你明明不能吃辣，但是和室友一起出去吃火锅时，她们为了尽兴，在鸳鸯锅和九宫格之间选择了九宫格；又比如一群人说说笑笑，但是你问她们什么事这么好笑时，她们马上止住了笑并回你"没什么"。所以我现在已经免疫了，凡事不多问，凡事不多想，宿舍不多待，感觉自己越来越冷漠了。

杨军俊，豆瓣用户："但其实我只是不想回家而已。"

我在北京工作，每天晚上都自愿加班，因为公司有同事在，可以说说话。

我一点儿也不想回家，因为老家在湖南，家人也都在湖南，就我自己一个人在北京。

我平时不蹦迪，不打游戏，早下班完全不知道回去干什么。所以有时候会自愿帮同事做一些工作，同事都叫我"老好人"，但其实我只是不想回家而已。

幸好不久后我就要调回湖南的分公司了。

某民工，新闻受访者："孤独就是想家，想吃家里的肉。"

过年的时候老板卷款逃了，俺之前干了半年，好几万块钱工资就这样没了。

报了警，警察同志只说要等。不是不能等，俺可以等，只是家里娃娃不能等。没钱回去，学费咋办？年货咋办？一天到头就指着工资置办点儿年货，吃点儿好东西。俺实在没得办法了，就给以前一起干活的说好话打了欠条，借了一万块钱，给娃娃交学费用。

俺没有回去，回去还要费钱。俺干点儿散工赚点儿钱，还可以向警察同志打听老板的消息。前几天晚上，一个小伙问我："你孤独不？"俺问他孤独是啥，他说："孤独就是想家，想吃家里的肉。"俺说："那俺真孤独。"

顾梦，微信好友："好像也不存在什么孤独，反正习惯了。"

我已经习惯一个人了，其实没什么大不了的。自己原本丢三落四，老忘关灯，会把钥匙落在家里，后来这样的事情多了，慢慢地也改过来了。必须得适应呀，以前有家人照顾，现在离家工作，本来就没有多少朋友，家又离得远，和以前的朋友也离得远，身边关系最亲密的基本上就是同事了，也不能总麻烦她们，总得习惯。好像每天做事都是一个人，我现在都可以修洗衣机了。好像也不存在什么孤独，反正习惯了。

每一个人都是一种容器，每种容器都装着不同的孤独。

曾经以为要好的朋友，以为一辈子要结伴走下去的人，不知道什么时候就走散了。

开始不觉得有什么，后来某一刻，忽然察觉只剩自己一个人了，然后才觉得孤独。

疑惑自己怎么这么后知后觉，但是那些错过的人，再也找不回来了。人还在，可是我们都明白，我们回不到过去了。

曾经以为孤独就是自己与世界的冷落和解，后来才知道孤独就是接受世界的冷落，不再期待。

很喜欢刘同的一段话：

也许你现在仍然是一个人下班，一个人乘地铁，一个人上楼，一个人吃饭，一个人睡觉，一个人发呆。然而你却能一个人下班，一个人乘地铁，一个人上楼，一个人吃饭，一个人睡觉，一个人发呆。很多人离开另一个人，就没有了自己。而你却一个人，度过了所有。你的孤独，虽败犹荣。

人生充满酸甜苦辣，众生显出孤独百态。或许你已经尝到了一千种孤独，但是不要轻易伤心，因为可能还有一万种孤独在后面等着你。

我已不再害怕孤独。

很多东西,越早经历越好

无论准备得多么充分,二十出头的我们仍一无所有。最近有很多小伙伴在后台留言说,羡慕我毕业了,并且问我,毕业了是什么感觉。

看着那些或熟悉或陌生的ID的留言,我的第一反应就是,这些留言背后的大部分小伙伴,应该都是还没有毕业的人。

因为他们话里话外都是对我这个已经毕业的人的艳羡,可其实现在的我,更多的是对未来感到焦虑。

熟悉我的人应该都知道,我在毕业之前就已经有了"白朵朵"①这个微信公众号了,从2015年的8月14日更新第一篇文章到现在,差不多九年了。

可是我在社会上闯荡的时间绝对不止短短的九年,从做模特开始,到录节目、拍综艺,再到写书,这样算来也真的是很久很久了。

---

① 白朵朵为公众号曾用名。

或许是我这个人太具备忧患意识了吧！

在当年一只脚还没有踏进大学校门的时候，我就已经预想了毕业后流离失所的模样，所以进了大学就开始努力做一些微小但实际的事儿，以避免毕业后面临无处可去的尴尬境况。

以前在学校的时候，我总是为工作上的事和学校的事两边跑：有时候考试和出差撞在一起；有时候公司有急事，却正好撞上系主任的课；有时候生病和各种突发事件撞在了一起。当时我觉得，赶快毕业吧，这么折腾真的好累、好辛苦啊！

想想那些年还曾用"肚子疼"这个借口在一个月内请过好多次假，其实身体没啥事，主要就是为了工作的事。结果引得老师给我妈发短信说要替我介绍中医——她担心我长期宫寒，对身体和以后生育不好。

当时我脸一红，就只有一个想法，那就是早点儿出校门，早点儿工作，就不用再这样两边跑了。

到了真出了校门，成为一个真正的社会人的时候，我才发现心里对校园生活竟十分不舍。

离开校园，真正开始工作后，每天都是在"开会——工作——开会——工作"地无限循环着。以前在学校我作为学姐，给学弟学妹们解惑的时候，他们总是用"星星眼"看着我，然而现在，我身边大多是比我资历老的前辈，每遇见一个人，我就感觉我又有新的东西要学了。虽不至于成为公司里的小透明，但是用"星星眼"看我的人越来越少，自我感觉真的是越来越不好了。

以前在学校，即使做错了事，身边也总是有人耳提面命地告诉自己，应该怎么怎么做。但是进入社会之后，这种机会就没有了，不会有人再耐心地跟自己讲要怎样成长，该如何收获。大家都很忙，大家要的是结果。

我渐渐意识到：如果你能力不行，那不好意思，公司不养闲人，没时间教你成长；如果你能力没问题，那你会发现聚集在你周围、帮助你的人越来越多。

你可能会觉得这太现实，但生活比你想的还现实，现实到你的岗位决定了大家和你讲话的频率，现实到你的技能决定了每次裁员时你的底气。

生活总会让你知道，大浪淘沙后留下来的人，一定有存在的必然性。

随社会经验与日俱增的，除技能之外，还有适应孤独的能力和日渐淡薄的情谊。

毕业以后，你会明显地发现自己和某些同学之间是存在着明显差距的，然而这个差距你上学的时候是意识不到的，也轻易察觉不到。

从小学到大学，这十几年里大家都在读书，接受的都是一样的教育，同学之间的差距顶多是谁学习好，谁考试得分高，或者是谁穿了一双新的运动鞋，谁又买了新书包。可是毕业之后，你会发现一切都变了。

那个天天挨骂的男同学第一个开上了豪车，没啥特别的理由，只因为他爸开的也是豪车；那个每天见不到人的同学直接自己做了老板，领导着公司的一众员工，没啥特别的理由，只因为这几年他都在努力创业；那个和你关系很好的女孩，她去了英国读硕士，没啥特别的理由，只因为家里条件确实好，她父母准备移民过去陪读……那些在学校里不受重视的人，忽然一跃成名，超过了你，"秒杀"了你，一个"大招"直接制霸了。想到这些，成绩优异，一直获得奖学金，但是仍然找不到心仪工作的你，会不会有挫败感？

人与人的接触是分圈层的。这句话原来你不信，但是进入社会之后，你一下子就懂了。

当你越来越听不懂你朋友讲的话，当你越来越无法参与他的生活，当你们的对话只有"去吃啥""看啥电影"的时候，你明白了人与人之间确实是存在沟壑的。

这个沟壑包括但不限于：当你在为找不到工作而发愁的时候，她正在为招聘不到优秀员工而焦虑；当你为三千元钱拼命加班的时候，她将随手买的四千元的抱枕丢在了地板上……

这样的两个人，聚在一起聊什么，又该怎么聊？

你给以前亲近的同学和朋友打电话，电话里你们像往常一样说笑，但是你知道有些东西还是不一样了。一个玩笑开上许多遍，反复咀嚼，味道就淡了。

如果真要问毕业意味着什么，那大概就像是婴儿初生到人世，什么都要重新学，又什么都好奇。太多东西是第一次见，稍微新奇一点儿的东西都有十足的诱惑力，都想抓在手里，后来才知道，自己的手能抓住的东西太有限了。

会有各种各样的疑惑，会世界观崩塌，再后来慢慢被教会规矩，知道了这个社会的各种规则，明白了哪些是禁区，哪些事可以放心大胆地去做。虽然有的时候会耍小性子，叛逆反抗一下，但更多的时候会顺应着规则长大。

我们的欲望不断膨胀，你能确切地感受到自己要的越来越多，内心也越来越强大。当你越往上走的时候越会发现，需要走的路还很长，长得一眼望不到头，但是目标总会在暗暗地发着光。

如今我坐在北京CBD的大厦里，心里感慨万千，感谢当年那个拼命写稿的自己，也感谢这么多年没有放弃的梦想。

因为这些努力，我变得足够幸运；因为这些磨砺，我能应对生活的各种刁难和所有不看好的目光。

很多东西，越早经历越好。

你是不是以为我已经百炼成钢、毫无畏惧了？实际上我也怕。怕未来可能遇到的挫折，怕一切不稳定的因素，怕自己这份信念撑不了太久，怕对不起自己这么多年的用心，怕身后的万千期待落空，怕自己终有一天会离开北京，怕自己不能够衣锦还乡，怕我的员工因我感到失望……我怕的东西太多了。

毕业后，什么都敢尝试，也随时随地感觉到恐慌。后来我想，像我这样的人肯定不少，即使我们早早做了准备，在很多年前就已经开始为打这场生活的硬仗招兵买马、囤积粮草，但是依然会对未来感到焦虑和迷茫。

我们不知道究竟哪条路才是正确的，但是我们明白，只要跑下去，就一定有光。

就让我这么得过且过

大概是在人际交往方面太自卑了，以至于稍微感到被冷淡了就想离开对方。除非是山顶洞人，否则我们避免不了要和人接触，可即便是山顶洞人，也要融入部落群体。但是，对于我来说，和别人打招呼这件事做起来真的是太困难了。

我常常怀疑，我可能有社交恐惧症，又或者患上孤独症了。

我是一个特别敏感的人，敏感到我可以观察到每个人情绪上的轻微变化。

记得上学的时候，住的是六人宿舍。舍友关门的声音大了，我就觉得可能是她对我有意见了；催着舍友还我剪刀的时候，她回头的速度太快，快到像是翻了个白眼，我便脑补出了好多部爱恨纠葛的大戏；晚上躺在床上给大家讲了一个段子，结果大家都仿佛没有听见，宿舍里分外安静的时候，我就感觉我已经不是孤独了，而是被孤立了。

也许我们没有真正地红过脸，但是我们也没有真正地交过心。

大概是太怕受到伤害了，所以我们把自己结结实实地包裹起来，用冷漠和疏离筑起一道墙，将自己和他人隔绝开来。

你对我冷淡一分，我就对你傲娇十分。

比如小学上课的时候，我和你在传纸条，你却和同桌嘀嘀咕咕了半天才回复我的纸条，我就不想再继续和你说什么了。公司门口新开了一家奶茶店，我兴冲冲地打包了好几杯，但是同事们这个说要减肥，那个说正忙，顾不上，我就再也不会问了，而是会逞强似的一下午喝完所有的奶茶。

又比如，一群人的聚会，你打电话召唤我过去一起玩，但是去了以后我谁都不认识，只能坐到熟悉的你身边，可是你全场像一只花蝴蝶一样到处乱飞，我又不知道怎么和别人搭话，全程便只能勉强和旁边的人尬聊。我还记得上一次你喊我出去，我厚着脸皮主动和右边的女孩说了八句话，其中五句半都是尬聊。你好不容易坐回来看见我了，就说了一句"多吃点儿"，然后你就又飞走了。人都不认识，菜也不好吃，想走又不好意思说。整场饭局下来，连坐在我旁边和我尬聊的女孩叫什么我都不知道，还得想办法把喝得烂醉如泥的你带回去。然而事实上，我根本没力气带走你。

有过这两次经历，你再叫我出去，我也不会去了。

还记得饭局上有个不错的对象，可我连你都带不走，更遑论其他，我只能怏怏地自己回家。

第二天，你告诉我昨天的局有多么多么好玩，告诉我下次再一起去。可是我只记得彼此不认识的尴尬和冷漠，只记得鸡蛋汤里至少洒进去半斤酒，我都不知道喝的是鸡蛋汤还是酒。

我只能假笑着拒绝说："下次吧！"

你问："怎么不跟着一起玩啊，是不是玩得不开心？"

我真的不知道该怎么回答，只能笑着说："没有，没有，挺好的，就是有事儿，去不了。"

拒绝得多了，你也就不再叫我了，我也不用扶着你，踉跄地送你回家了。

后来的后来，我们渐渐疏远，终于不再联系了。

以前我们看到什么都会第一时间分享给对方，但是现在，我们的聊天对话框里已经很久没有更新过消息了。

最新的消息，还是微信上标注某年某月某日的一条群发的节日祝福。慢慢的，我们连点赞之交都谈不上了。

我已经很久没收到你的任何微信点赞互动了，却在别人的微信朋友圈底下看到了你写的长篇评论。

我们终于默契地走远了，再也不联系了，连微信朋友圈的好朋友都不算了。

我下定决心把你移出了我的微信朋友圈，可没想到第二天就在公司楼下的咖啡店里碰到了你，尴尬地打过招呼之后，我们各自低头刷手机。

突然，你抬头看着我的眼睛说："你好久都没有给我点过赞了。"你只是云淡风轻地说了一句，只是轻轻地抬起头看了我一眼，我就已经深感恐惧了，生怕你发现我已经把你删了。

你兴致勃勃地说刷到了打折券要发给我，我还没来得及想好该怎么打圆场，你就发现刚发出的消息前有了红色的感叹号。

我们就这样面面相觑，停滞了可能三秒钟都不到，你就立马笑盈盈地说："等我回去再发给你吧！"

然后你若无其事地把手机装进了口袋。我们还是像什么都没发生过一样，假意寒暄几句之后，匆忙地离开了。

后来我们形成了一种奇怪的默契，会彼此下意识地疏远。

原来明明是关系很好的朋友，最后发展到在商场里远远地看到了，都假装没看到，悄悄绕路来避免尴尬的偶遇。

我们又回到最初的陌生人了。甚至可以说,我们连陌生人都不如了。

我们都忘了我们曾是亲密无间的朋友。

大概是失望的次数多了,冷漠攒够了,所以人也变得麻木了。于是我走路生风,独来独往,处理冷淡的唯一方式就是放弃。

哪有人愿意孤独呢?大都是害怕失望罢了。

以前觉得拼命挽留的时候能够感天动地,现在觉得潇洒一点儿的生活方式才是真的酷。凭什么你伸出手,我就要摇着尾巴追上去?

一旦你有几次忽视了我,我便知道我只不过是你身边一个可有可无的角色,就会立刻离你远远的。我是很喜欢你,但是我的骄傲不允许我放弃自己的底线。我会觉得这样的自己特别廉价,我就是死要面子。

我怕大家看到我那个不是很好的样子,我怕大家会因此远离我,于是我把自己严严实实地包裹起来,让大家永远离我有一道墙的距离。

我不是没努力合群过。

你们喜欢"甜心"女孩的时候,我买了一水的粉红色化妆品,天天琢磨着要怎么不经意地让你们看出我也是"甜心"。后来风向改变,你们忽然都开始喜欢酷女孩了。我想跟上你们的脚步,就又开始研究欧美妆里面的眉毛是怎样挑起来的。

我拼命地迎合你们,但是你们的口味变得也太快了,也许我这样的人就不配和你们成为朋友吧,应该是这样的吧。

伴随着长大,我们逐渐失去了修复友情的能力。

忽然很想念小时候的你和我,大家绝交都有个仪式,像是在腾讯QQ里删掉一个联系人,对方会看见你的头像灰下去,永远不再亮起来了。

而成年人的绝交,更像是你在微信里删除一个联系人,对方甚至不会接收到这个信息。大家见面还是点点头,即便心里什么都知道,但彼此还会维持表面的热络与平和。

成年后的我们,都像是冷酷的杀手——所有的决定和选择都在心里做好了,脸上却始终没有任何表情的变化。

我大概是有孤独症吧。写这篇文章的时候,单曲循环着凯瑟喵翻唱的《血腥爱情故事》。我忽然想到,大概每一个看起来冷淡到无坚不摧的人,其实都只是太害怕受到伤害了。他们都有过一颗柔软的心,只是他们把这种脆弱藏了起来。他们走路生风,他们高傲冷漠,其实都只是在等一个能给他们安全感,能让他们卸下铠甲的人出现。

哪有人爱孤独啊,我们不过是不想失望罢了。外向孤独症患者,你也是吗?

我妈让狗睡在了我的被子里

前几天收到了我妈给我发来的照片：我家狗子盖着我的被子，枕着我的枕头，睡眼惺忪地歪着脑袋看向镜头。

我很震惊地问我妈："狗怎么会跑到我床上去了？"

我妈一边把镜头对准狗子，一边轻声细语地说："你小点儿声，我们家小宝睡觉呢。我就洗了个碗，一转身回来，它就自己盖着被子睡了，多聪明啊！"

我抱着手机，突然感觉我在家里的地位受到了威胁。

可是当初我想要养狗的时候，我妈是第一个跳出来反对的，还列举出一堆不同意的理由。最后架不住我再三坚持，才勉强同意养了一只。但是她说她是绝对不会管的，让我自己处理好狗的吃喝拉撒问题。

狗子是我刚上大学的那一年买的，我和它待了没一个月就去离家很远的学校报到了。所以，狗子几乎是妈妈一手带大的。妈妈从一开始嫌麻烦，到后来完全把狗子当成了她的小宝贝，只用了不到一个月的时间。之后我妈和我的聊天记录里就充斥着狗子日常生活的一举一动。无论聊什么话题,最后都会落到狗子的身上。

我妈送我去车站,我离开以后在路上和妈妈通过微信聊天。

我问道:"妈,你送我走难过吗?"

我妈却回道:"顾不上呢,我着急回去遛狗。今天把狗狗自己关在家里,它该生气了。"

以前在家里我是被宠爱的那个,现在被疼爱的却是宠物。我们小时候不敢做的事情,现在可能全被这些宠物做了。

我妈可能只记住了我两个朋友的名字,但是小区里众多的猫猫狗狗,我妈都能准确地叫出它们的名字,甚至还知道哪只老和我家狗子玩,哪只老和它打架。遛狗的大爷大妈和叔叔阿姨,她更是全都认识。

我不禁问道:"妈,你是怎么记住那么多长得都差不多的狗子的?"

我妈回答道:"我每天都和它们待在一起,哪有记不住的?你上小学的时候,那么多小朋友,我不也都记住了吗?"

伴随着升学,开始想要自己出去闯荡的时候,我们就离父母越来越远了。

我会开始觉得他们的思想太过落后,他们不懂我的想法，我们之间有太多的隔阂，以至于我觉得他们总是在禁锢我，让我为他们的理想而活，变成他们所希望的样子。

我们陪在父母身边的时间越来越少了。很多时候，我们宁愿无所事事地浏览网页，都不愿意回复父母几条信息。

我们总是在微信朋友圈里说着"今天好无聊，不知道该做些什么"，却想不起来给父母打一个电话。

在KTV里撕心裂肺地唱着《父亲》，却没想到爸爸正因为打不通自己的电话而担忧。母亲节的时候发一个微信红包，截图发完朋友圈后，就又消失在屏幕的另一边了。

以前我们在家的时候，妈妈天天唠叨着所有的大事、小事，每天忙得脚不沾地。但是我们走了以后，为了和我们多说几句话，妈妈整天抱着手机研究怎样使用微信，却没有看我们微信朋友圈的权限。偶尔一条朋友圈信息忘了屏蔽家里人，我们都惦记着赶快屏蔽他们。

父母突然就不知所措了。

他们只能凭借零碎的信息拼凑出我们最近的生活，推测我们是否还安好，从我们漏掉的朋友圈里猜测我们在干什么，有没有饿着，过得是否舒心。

手机里长长的消息，父母打出来可能用了半个小时，我们看到以后却用三个小时回复了两个字："好的。"

我们总觉得，我们长大了就要独立，要离父母远远的，这才能显示出我们的成功。小时候，我们总梦想着离开父母的那一天，而后来，就换成了父母离开我们。于是我们又梦想着变回住在父母屋檐下的孩子，能再抱抱他们，紧紧依偎在他们身边。

在外面碰到难事的时候，第一个想到的就是父母。所有人都希望自己能够变成一个完美的人，可是在父母的眼中，我们永远是那个不完美的小孩。也许身边的所有人都在催促着我们，要飞得更高，要出人头地，父母却一直在心疼我们飞得累不累，而我们总是对他们不太热络，甚至过于冷漠。

做孩子，最纠结的就是既厌恶父母设计的人生，又生怕走错路，辜负了父母的期望。

我们每次还在犹豫要不要抓住那个让自己想了又想、万分心动的机遇的时候，父母都会拍着我们的肩膀说，想做就去试一试。

然后我们就真的头也不回地走出了家门。当我们咬着牙走在"瓢泼大雨"里的时候，觉得自己就像电影里豪情万丈的侠客，隐秘而伟大。而父母送我们离开以后，只能回到突然就空下来的房间里。其实我挺庆幸有只狗子可以陪伴在妈妈身边，至少在妈妈怀着失落的心情，回到突然就只剩下她自己的家时，狗子能开心地扑上来，逗我妈笑一下。

在我们熬夜加班或者出于其他原因不能陪在他们身边的时候，有一只狗子会钻进他们的怀抱，撒娇打滚，让他们不再空洞地盯着电视机。

这样，除了工作就是单调地待在家的父母，会因为不得不遛狗而出去走一走，碰到几个一起遛狗的人，天南海北地唠几句闲嗑，聊一聊狗子，说一说自家的孩子。

父母很想我们能在他们的身边陪着他们，但是他们更知道我们有自己的梦想要去实现——想要赚大钱，想要出人头地，想要说出来我是谁谁谁就觉得倍儿有面子。父母总是说："你就放心地去闯荡吧，大不了就回来，爸妈还能养得起你。"然后他们日复一日地打听着你的消息。

其实，最需要陪伴的就是让你放心去闯荡的人。这么说来，狗子在家也的确是"劳苦功高、尽心尽力"了。我要去给它买两件衣服，然后回家。

外面的人口口声声地说离不开我，割舍不下，但是我心里明白，真正惦记我的人，只有父母。

务实，才是最高级别的浪漫

"其实我缺的不是钱，而是自己赚钱带来的安全感。"

又是八月初，一批学生毕业，更多学生放假。

前两天家庭聚餐的时候，我弟弟大学放假回来了，本想约他出去玩，结果他和我说他在实习，一周七天连轴转，从早八点到晚七点一直不休。

"姐，我最近真的没时间！"我印象里他才大二。现在大二就开始实习了吗？然后紧接着，我就在网上看到了一条新闻，说当代大学生从大一刚进校就开始寻找可以实习的单位。大一、大二的学生简历投递率一年比一年高，而且这个数据现在还在上升。想想看，大一、大二的学生现在也才十八九岁。可能他们刚进大学校门，还分不清食堂和体育馆分别在哪儿的时候，就已经对简历投递的步骤轻车熟路了。

我弟弟和我说，他大二去实习，已经算晚的了。他的学弟，今年刚刚高考结束，整个暑假都在找工作。但是很可惜，因为年龄太小、没有在校证明，很多地方都不招收。最后，弟弟的学弟也没有放弃，在无路可走的情况下，还是灵机一动，在网上找了份兼职的工作。

综艺混剪，一单三十元，一天专注些的话可以接三四单。一个月算下来，也有小三千元的收益，即使他家庭条件非常不错，并不需要这些来维持他的生活。

我听完不禁感叹：现在的年轻人都这么拼了吗？我问弟弟这么拼的原因，他说："没有安全感，心里总是空落落的。该玩的早就玩过了，也没啥新鲜的东西，再看看周围人都在往前跑，自己稍微停下来，就很慌张，找点儿事让自己忙起来，心里就有个奔头。我想着努力两年，在大学毕业前，能给自己买台车。"

当时他和我说话的神情和语气，丝毫看不出来是一个刚过完生日的十九岁大学男生。他的目光清澈诚恳，却又带着几分坚毅和笃定。

那天聊到最后，他和我说了一句让我印象很深的话："我们这代人的安全感，钱和房子都给不了。"

我问他："那什么能给？"

他说："有个稳定的事做，自己也有能力，能过上自己想要的人生。"他说完就摆摆手，坐上出租车："姐，我回去加班了啊！"

我看着他转身离去的背影，忽然觉得他的形象一下子高大了起来。谁又能说,这样一个对未来有着如此坚定目标的他是小孩呢?

上网的时候,看到一个饶有深意的消息:参加公务员考试的应届生越来越多,今年创了新高。比起"北漂""沪漂",越来越多的年轻人更喜欢安稳了。

这点还挺背离我原有的认知的,我以为大家更爱出去看大千世界。关于大家越来越务实这点,其实挺好的,但是换个角度想想,是不是现在大家的心气也被磨得差不多了?

前几天晚上,我一如既往地睡不着,便打开手机刷短视频,不知道哪里点错了,就进了系统推荐的热门直播,看了半小时某位说方言的主播的直播。这位主播说话的方言口音很重。说实话,看了半天我也没听明白他到底说了点儿啥,就魔音绕耳一句"求怕累"。这话带上方言口音,简直是洗脑模式。包括当天晚上睡觉,梦里都在不断地循环这句背景音乐"求怕累"。

到底这句话是什么意思?

第二天一睁眼,我就上网查什么是"求怕累"。据说,这是山东方言,指的是"穷怕了"。

飘忽不定的日子过太久了,一心就想着稳定下来,踏实地过点宽裕的日子。查完之后,心里还有点儿隐隐约约的难受。

最开始，我以为这句话大概是"球怕累？怕累的，就是个球"，类似"勇敢牛牛，不怕困难"这样的说法。后来才发觉，这是一种很无奈甚至带着几丝疲惫的感叹："真的，穷怕了，不想再过穷日子了。"

有人说这位主播就是这么火起来的。网上一片纸醉金迷的生活里，就他一个人在破旧的平房出租屋中，对着镜头，配合浓重的山东方言口音连麦各路光鲜亮丽的主播。这很像是普通人的心理写照。

"看着他，心里踏实。"

不知道你们有没有看过一个故事。小和尚对老和尚说："师父，我这次是来和你告别的，我要去外面看看大千世界了。具体点儿说，就是要翻过那座山，去看看山后面的世界，那里的生活一定很精彩。"

老和尚叹了一口气，摸了摸小和尚的头说："其实我很想告诉你，这座山的那边是另一座山，另一座山的那边是又一座山。从门口的小路直走下去，你会连续翻越六座山，其中两座是低山，三座是高山，最后一座，屹立于云端之中，层云缭绕，高耸入天，上山的人很有可能会因为缺氧而下不来。这些山上什么都没有，第一座山后是山，第二座山后还是山……只有最后一座山的背面，有一棵歪脖子树。当然，这已经是十几年前的事情了，如今歪脖子树可能也不在了。"

小和尚呆呆地望着师父，满脸写着怀疑和犹豫。

就在小和尚犹豫的时候，老和尚却拿出了早已为他准备好的行囊，对他说："这里有为师为你准备好的干粮和水，还有几件换洗衣服，方便你路上用。"

小和尚一脸不解，又眼中带泪。

老和尚慈爱地说："即使我知道你会遇到的所有事情，也知道山的那边空无一物，但是我依然不会阻拦你，因为我知道我拦不住你。无论我怎么说，你都不会相信，你还是会想自己去看一看，哪怕你今天把蠢蠢欲动的心沉下去，过上几个月，这种心绪还是会再次翻涌上来。除非你自己去经历一遍再回来，不然这会一直是你心头的结。"

小和尚将信将疑地问师父："师父，你为什么这么了解我的内心？"

师父摸了摸手中的佛珠说："十几年前，我就是如此。"

过了许多年，小和尚已经长成了老和尚。他一路风餐露宿，满脸沧桑，身上的衣服也破烂不堪，终于跟跟跄跄地回到了寺庙。此时的他已经少了锐气和轻狂，声音也变得粗犷沉稳。

他再次拜倒在师父面前说："师父，你说得对。山的那边还是山，一座又一座的山，山上空无一物。最后一座山后,有一棵歪脖子树,现在也已经枯死了。这趟行程山高路远,从结果上看,除了看到一棵枯死的歪脖子树,我一无所获。但是我也要感谢这白白耗费的时光,如今的我,终于能沉下心来打坐念经了。"

我一直觉得,这个故事隐藏着生活的诸多譬喻。

小时候我们总觉得外面有一整个世界在等着自己去征服,觉得长辈们讲的话都是过时的东西,一直想要做大事、赚大钱,觉得自己可以主宰这个世界。然而折腾了一溜十三遭后,我们才发觉这几年的折腾、这几年的勇敢,从结果看,都是一种张狂的鲁莽。

等到自己摸爬滚打地经历了一遍之后,我们就会发觉,其实家人这些看起来"老土"的人说出的道理,有时候远胜我们认为的很厉害的大师。

他们讲的话,饱含着生活本真的道理:务实,才是最高级别的浪漫。

因为他们也曾经是年轻人,他们也想过主宰这个世界。

"悟"的过程,也注定是一个不断折腾的过程。过程不一定有用,但是全程努力一定不会无用。

通过读书听经学到的道理,从来就不是真道理,真正能"吃进去,记心里"的道理,全都是自己一步深,一步浅,淌满眼泪走出来的。生活给你上课的时候,想偷点小懒都不行。所以再回到文章主题——真正的安全感是什么？是一辈子无病无灾、有车有房，躺赢过日子？看起来是，但实际上不是。

这些是大家都想要的结果，但是少了中途的过程，就像是一直惦记着出去爬山的小和尚。这些东西是拿不稳的，迟早都不是自己的。

真正的安全感，不是一味地求稳，而是一个人体验过风霜波折，感受过世事维艰之后的踏实。只有经历过这些，他才会安稳。

就像小时候在幼儿园，拿一个彩色的转盘做实验，上面赤橙黄绿青蓝紫各色俱全，令人眼花缭乱。但是等这个满是颜色的转盘真正转起来后，你会发现它呈现出来的颜色，竟然是纯白。

只有充分地经历过失败、沮丧、惊喜、落寞、惴惴不安，回过头来的你才能更淡定、沉稳、落落大方、遇事不乱。就像那句话：见天地，见众生，最后才是见自己。不是说看不见自己，而是只有看过世上的光怪陆离，才能更清醒客观地认识自己。

什么是真正的安全感？

是见过世面后内心的平静和坦然。

务实，才是最高级别的浪漫。

第二章

你是我的软肋,也是我的盔甲

> 可能我们终其一生寻寻觅觅,不过是为了找一个和自己频率相同的同类,和他畅游人生。

"00后"正式长大成人

2000年出生的小孩,今年都二十四岁了。他们初入大学,正在烈日下汗流浃背地军训,对艳阳高照下的军训深恶痛绝,每天想着下点儿雨,免了今天的出勤。

1995年出生的,今年已经二十九岁了。他们刚入社会没几年,骨子里还流着应试教育的血,却被迫全方位接触社会的各种规则,正咬紧牙关,对抗脱胎换骨所带来的剧痛。

最早一批"90后",今年已经三十多岁了。他们是被社会反复煎炸过的一根"油条",此时正一往无前地向"老油条"这条道路狂奔而去,在各个名利场上"起早贪黑"。

今天早上,四个背着包、穿着迷彩服的小孩儿问我:"阿姨,你知道到岐山路要坐几路车吗?"

很无奈地热情回答后,我拿出包里的化妆镜,对着镜子照了照,然后着重看了看眼下的黑眼圈,并补了补妆。

我很疑惑：刚入手的遮瑕膏很好用，昨晚熬夜熬出来的黑眼圈也被遮得很严实，一点儿也看不出来，我看起来明明就很年轻，怎么忽然就成"阿姨"了呢？

可以说，从公交站台到公司的那一路上，我都陷入了自我怀疑，自信低到了一个极点。

我迫切地需要赞美与夸奖，我要证明自己还水嫩青春着。所以，一到办公室，我立马就竹筒倒豆子似的对同事说起我在路上被学生叫阿姨的事。

没想到我的话刚说出口，阿美就截住了我的话头："你是不是也要说你在路上被人叫阿姨问路的事？"

我点头，问她："你是怎么知道的？"

阿美白了我一眼，说道："你已经是今天办公室里第三个说到这件事的人了。"

我看着阿美那张比我更郁闷的脸，有一瞬的呆滞，还是继续道："我……我还是不服。我明明这么年轻貌美，凭什么叫我阿姨！"

阿美又白了我一眼："谁叫人家比你小呢？年龄差在那儿摆着呢，不服也得服。"

年龄之于女人，永远都是一个"刽子手"。无论岁月日后赐予女人什么样的补偿，总之青春美丽都是一去不复返的。

女人的美貌能够维持几年？

以前即使不擦护肤品，皮肤也光滑细腻，现在贴着面膜都没啥用，毛孔依然肉眼可见地大起来。以前一头秀发又多又密，怎么梳都好看，现在每次洗头就掉一大把，发际线不断后移。以前怎么吃都吃不胖，现在喝口水都能长肉。好像迈过二十岁那道坎之后，就像花儿谢了结出的小果子，每一日都比前一日更成熟一分。

再看看身边的几个姑娘，阿美的十八岁在八年前，小惠的十八岁在六年前，La的十八岁在五年前。

阿美说起她的十八岁，是冒着粉红泡泡的：那时她们学校里还要拿着暖壶去打水。供水时，那里总挤着乌泱泱的一群人，轮到她时就只剩下涓涓细流了。于是她搭讪了一个小伙儿，本意是要个滑头，捡个便宜，没想到后来竟把自己搭了进去。

小惠的十八岁是眼泪鼻涕一起下：那时她还在美国读书，刚被自己的美国男友劈腿，整个人浑浑噩噩，没事时就抱着自己哭。后来她休了一年学，回国散心，调整自己的状态。

La的十八岁，时间被填得满满当当：考英语四级，考计算机二级，学钢琴，学跳舞，整个人忙得跟个小陀螺一样。没有参加什么社团活动，也没有谈恋爱，更没有社交，自己一个人过得挺好。

我的十八岁，最让我印象深刻的，是那个时候的天气,它总是很奇怪。你若军训,它便是晴天。

无论前一天是刮风还是下雨,反正等到你军训的那天,必定艳阳高照。好像不晒得你脱层皮,老天就不甘心一样。

记得军训结束后,我和我妈视频通话,她看着我被晒得黢黑的肤色后,沉默了。

那时,我们都是初次到外地上学,和谁都不熟,同学们互相看着都很新奇。

我花了一天的时间,摸清了和我们班一块军训的其他几个学院的情况。然后又花了几天时间,打探出其他学院里好看的姑娘、小伙儿的信息。

每次身边有人说"那个人是谁,好好看"的时候,我就能把对方的姓名、学号、有无谈恋爱等情况一一报出。

军训结束后,我已经成功地撮合了四对互相有意的情侣,于是我得到了一个外号——"白媒婆"。

我就这样成功地"送出"手中所有的帅哥,一个也没给自己留。

我记忆里的十八岁就是少年不识愁滋味,每天东一榔头西一棒槌地过着。

过着过着,一年就到头了,过着过着,四年就这样过去了。大把时间用于彷徨与迷茫,长期混吃等死,短期踌躇满志,说的就是那时的我。

现在不一样了。现在我走出去,也是被叫阿姨的人了。看见穿着一身迷彩服,扬着稚嫩脸庞的大一新生,不自觉地认为他们都还是"小孩子"。

本来对这一届的大一新生,我也没有特别留意,反正每年都有新面孔,新人换旧人,大一变大二,总是不停地往上轮。但是想到"00后"都已经上大学了,他们将走一遍我们当年走过的路,在他们还没能懂得十八岁的可贵时,眨眼就过去了,我就觉得扎心,比他们叫我阿姨时还要扎心,恨不能以身代之——我去过他们的十八岁,换他们来过我的二十多岁。

今年第一批"00后"已经毕业了,网友们突然发现,不知不觉间,在他们眼里年龄还小的"00后",竟然都已经长大了,进入社会了。好像他们昨天还在操场上站军姿,今天却突然醒悟过来,青春早已成为过去。嘴里虽还在调侃着"谁还不是个宝宝",事实上他们已经是根被社会煎炸过的"油条"了。

我们的十八岁早已经远去,而正在经历的你们,笑闹着又把你们的十八岁送远。

就像我们现在叹息当年不识愁滋味,以后的你们也会这样叹息自己的十八岁。

这些,我们都已预见。

所以十八岁总是扎心的,看别人的十八岁扎心,想自己的十八岁同样扎心。

然而所有的十八岁,都是光芒万丈的。

孤独的形状，像是水

你有没有在某个时刻，感觉自己特别孤独？

我曾独自生活过很长的一段时间。那时候我租了一个跃层，租房子的时候想着一定要够大、够宽敞，这样心才能敞亮，结果才住上我就后悔了——房子太大了，大得好空旷。

209平方米的房子，楼上我几乎从来没上去过，活动的区域仅限于主卧、客厅、卫生间，至于什么影音室、厨房、次卧，更是没进去过，一次都没有。

我有冰箱、零食柜，但里面都是空的。我有微波炉、电磁炉、烤箱，但是我从来没用过。我也买了一大堆锅碗瓢盆，到最后数数，用了不超过三次。一个人吃饭吃得少，也就没有任何做饭的兴趣，能糊弄就糊弄。

那时候家里的灯总是亮着的，电视总是打开的，总觉得房间里有点儿光、有点儿说话的声音就不会显得那么冷清。

有次清晨匆忙出门，临走前把拖鞋随意地甩在客厅的一角，外卖盒子也没来得及扔。我本以为这是很充实的一天，充实到没时间去感受孤独。

等到半夜我忙完回来，在黑暗中摸索着打开门时，发现电视还停留在那个台，房间灯也没关，拖鞋还找不到，外卖发出的味道弥漫了整个房间，一切和我离开之前一模一样，丝毫不曾改变。

这一切都在提醒我：你是一个人，你只有一个人。

为此，我采访了好几个人：你最孤独的时候，是在什么时候？

再见哈斯卡，男，二十四岁

高三时，英语老师曾经和我说，alone是孤单的，lonely是孤独的。我问："这有什么区别？"

她说："前者是生理的，后者是心理的。"

当时我没理解，但是后来经历了和女友分手，和家里闹别扭，自己拿着行李去异地他乡找工作的时候，从车站刚出来正赶上下大雪。我看着雪花落在我袖口上，想起来我爸妈和女友还从来没见过雪呢。刚想拿起手机拍照和他们分享，忽然想到我和家里人已经有一段时间没联系过了，和女朋友也已经分手了，想着想着，我对着人来人往的站前广场，蹲下来狠狠地大哭了一场。

真的，那天我穿得很少，但是全程都忘了去感受冷不冷。

Reason，女，二十二岁

2018年的跨年夜，我站在上海外滩的广场上。

当零点的钟声响起，看着满天的焰火，低头看了看手中满电的手机，短信、微信、微博，一条祝福信息都没有。

那时候感觉快乐是别人的，新的一年我依旧是孤独的。

兔咪少女萌安安，女，十九岁

在大连圣亚海洋世界，展览馆里有一只很特殊的北极熊。

我路过的时候以为它是假的，因为三四米高的熊堪称庞然大物，然而它一动也不动，半趴在冰面上。

周围很多人围着它拍照，闪光灯一直刺激着它的虹膜。我没拍照，就一直看着它，它似乎有所感应，转头看了我一眼，我才知道原来这是活的生命。

旁边一面玻璃墙之隔的，就是普通的北极熊，体形只有它的一半，但是四五只成群结伙地住在一起，相互依偎、打闹着。

那间屋子里只住了它一个，玻璃外面贴着它的介绍：世界上最大的北极熊。它的目光透过玻璃望向我时，我明白了什么是孤独。

听了太多关于孤独的故事，我才明白原来大家都孤独，大家都在被动地吞咽孤独，大家都受不了孤独，所以我们拼命地在世界上寻找自己的伴侣。

我曾看过一则报道，在20世纪80年代，美国伍兹霍尔海洋研究所曾在太平洋捕捉到一个特殊的声音，它的声波频率是52赫兹。

随后，美国海军对这个声音进行了追踪，最后发现，这声音来自一头须鲸。

其他同类鲸的声波频率只有15～25赫兹，而它的声波频率是52赫兹。鲸是靠声波传递信息的生物，因此它的声音不能被任何同类听到。

它是孤独的，一直独自活在深蓝的大海里。

声波频率的不同，不仅导致它独自游吟二十余载，也让它难过的时候，没人理睬，歌唱的时候，无人响应。它从来没和任何同类生物进行过对话，也从未有过一个知音。

可是这一切并不妨碍它从浩瀚的太平洋自由地遨游到大西洋，就算世界上没有任何同类能听懂它发出的信息，它也在坚持遨游。

这头声波频率52赫兹的鲸,有个好听的名字,叫Alice。这是我看过的最孤独的故事。

可能我们终其一生寻寻觅觅,不过是为了找一个和自己频率相同的同类,和他畅游人生。

第90届奥斯卡金像奖最佳影片《水形物语》讲的就是几个孤独者的故事。

主人公Elisa是个哑女,长得并不漂亮,身材也很一般,住在快要倒闭的电影院上面破旧的阁楼里。

她爱美,时常在皮鞋店驻足,就像最普通的女孩一样,想要橱窗里每一双漂亮的皮鞋。她不会拒绝自己的好奇心,也像所有少女一样,喜欢和她唯一的朋友——画家Glies一起看电视、聊八卦。

她怀着对世界的憧憬,规规矩矩地生活,可是世界给予她的却是冰冷:普通家庭的出身,平庸至极的相貌,先天的残疾,不能说出口的压抑。

直到有一天,她在打扫地下实验室的时候,看见了被运来做科学实验的人鱼"亚马孙人",她的人生和命运因此发生改变。

事实上,片中的每一个人都有一个孤独的灵魂。

郁郁不得志的画家,成天抱怨的黑人主妇,深入敌境又被无情抛弃的苏联间谍,在正常的生活中,没有人会真正关心这些被阴影笼罩的存在,当然,还有那个活在水族箱里的怪物。

可是,就是这么一群孤独的人碰在一起,才催生出了这样一个耐人寻味的故事:一个整天打扫卫生的哑女,爱上了一个活在水族箱里被人当作标本、随意宰割的人鱼。

隔着一层玻璃的感情就在不经意的日常中慢慢升华,成为最纯粹的情感、最真实的陪伴。

人鱼被人们当成怪物,受到百般凌辱,只有女主给他吃鸡蛋,给他放音乐,还把他救了出来。

女主不能说话,很多人不尊重她,只有人鱼看她的眼神不同,闪着灵动的光,包含着太多的怜惜。

他每次看到女主的时候都很开心,没有人在意他们的身份和背景,他们之间也没有涉及利益的争执和无休止的怀疑。

电影里面没有人物设定的反转,每一个人在出场的时候其角色性格就被确定了,是好人还是坏人都非常明确。

就像是童年读的童话故事,王子打败了恶龙,救走了公主,幸福地生活在一起。导演想讲的,也就是这样一个简单的故事。

无论你是怎样的一个人,身上有多少缺憾,你总会遇见这样一个人,一个完全能接受你的人。他也许不明白你之前经历的一切，但是他能忽略你的残缺和不完美。

电影的片尾曲听得我差点儿掉下眼泪来，为此我特意去查了歌名——《水的形状》。

我忽然发觉，其实片尾曲正是全片的升华，既呼应了电影的名字"水形物语"，也向我们这群观影者提出了一个问题：究竟什么才是水的形状？

可能这本身就是一个无解的问题，因为没有人能给出一个准确的答案。

水本身就是流动的、丰盈的，它没有形状，也可以是任何形状，就像爱一样，能把你的每一寸皮肤都紧紧环绕，能把你的每一丝犹豫都紧紧包裹。

有时候仅仅某种存在，就是另一个人的慰藉；有时候仅仅一个眼神，就是另一个人的救赎；有时候仅仅一个轻轻落下的吻，就是另一个人的全部。

《水形物语》讲的是一段不被世俗看好和理解的爱，可能初看时会抱着一丝猎奇的心理，好奇这样的爱情如何表达，可是看完之后，心里竟是满满的感动和感慨。

这是一个伟大的故事，它令人震撼，两个有缺陷的人因为彼此而变得完整，两个最卑微的存在因为对方而变得神圣。

总听到有人说，爱情让人变得狼狈，爱而不得太遗憾了，但实际上，这部片子引发了人们对于爱情本真的向往。如果你对爱情还有些犹豫，也许Elisa的这句令人落泪的台词可以消除你心中的偏见："他眼中的我，是完整的。"

水的形状，大概就是孤独到极致的形状。总有一个人，会对你张开手臂，包容你所有的不安，安抚你所有的孤独。水的形状，就是爱流动的模样。

你别嫌孤独。

谁又不是在一路打怪升级呢

二十一岁的我经历了人生中最艰难的时刻。熟悉我的人都知道,其实从最开始做新媒体到现在,已经好几年了。

这些年中有过一些荣耀的时刻,得奖、授课、拍摄电视节目,中途还做出过一个颇受好评的公众号,也误打误撞地出版了几本书,看起来混得人模狗样、顺风顺水。

但实际上,在所有人羡慕我的时候,我也在厕所哭到撕心裂肺过。

好多人和我说,自己迎来了人生中的至暗时刻,看不到光了。每次听完这话,我都很心疼,又不知道该如何安慰他们。我很早就明白,其实人与人之间的喜怒根本无法完全相通。光安慰,不解决问题,只是走形式,除了浪费彼此的时间,于事无补。

成年人互相帮助,从来都不是不冷不热地虚情客套,究其本质是要解决问题,是被生活锤打过之后,想要告诉别人,往后该怎么走,往哪儿走,走多久。

所以我想把我的故事分享给大家。可能在其中，每个人都能看到一些自己的影子，也希望大家可以通过我的故事，看到人生的更多可能，一起熬过我们人生中那些暗透了的挣扎时刻。

我从不认为自己有任何能力来拯救谁，改变谁。说实话，时至今日，我自己仍然活得一团糟。喜欢的事儿依然喜欢，但是往往无力参与，讨厌的事儿依然讨厌，但总没办法拒绝。

昨天和一位读者聊天到深夜，听她讲述她最黑暗的2018年，我竟然无意中发现，原来很多自己不在意的时刻，在他人的人生里有着举足轻重的意义。

这位读者我之前见过，她比我大四岁。

很多时候，明明是同一个故事，但是在不同人眼里，是完全不同的两个版本。

下面的故事，是2018年4月我在广州真实经历的故事，那是我人生的至暗时刻。

然而这样的故事，在另一个亲历者那里，是完全不同的版本。而我也从未想到，我的出现带给了她意想不到的转折。

朵朵：

2018年4月，我去广州出差，心情极差，碰到了人生的滑铁卢。

我兢兢业业地准备了两年,在电话里敲定了所有框架后,终于带着项目去投资方那里拿融资。然而,我刚拖着行李箱迈步走到酒店里时,同事就打来电话,语气沉重地对我说:"朵朵,出事儿了。"我永远忘不了当时我的无助和慌张。

距离谈判开始还有三个小时,远在杭州的同事告诉我,项目被锁死了,没了。

说实话,当时我想死的心都有。我太明白这对我意味着什么了。它意味着这么久的坚持化为乌有,意味着所有同事的努力全部白费,意味着一切归零。

这种感觉应该怎么讲呢?

大概就是上帝把你送到了巅峰之后,再一脚把你踹了下来。

那时候我脑海里总是浮现一句话:"什么是最残忍的事情?给他希望后再全部摔碎。"

我根本不明白这到底是怎么了,我也完全不知道我下一步应该怎么做。在那样慌乱的情况下,我只明白一点——我要稳住。稳住心态,稳住各位同事和资方的情绪,我如果崩了,大家就全崩了。

因此我跑到卫生间大哭一场后,硬是装作心里有底的样子回到房间,语气平和地继续和同事对接,告诉他下一步该怎么做、怎么走。

当时的我二十一周岁,第一次到广州,一个人,也没有朋友。说实话,那时候的我,根本不知道之后到底该怎么走。

那些天我如坐针毡,翻来覆去地睡不着。我会在每一个长夜里胡思乱想,越想越焦虑,然而焦虑是最没用的东西。除了哭,那时候的我,什么都不会,也什么都做不了。

有一天,我实在睡不着,想找人说说话,分散一下注意力,算是给自己解压,但是我悲哀地发现,我竟然无人可聊。

太熟悉的人知道我的实际处境,必然会和我谈工作,然而在当时那种情况下,关于工作,我一句都不想聊。但和完全陌生的人出门吃饭,危险系数很高,我还有一大摊子事儿等着处理,我不想在这个关头赌自己碰上好人的概率有多大。

所以,那天我发了一条公告,说自己在广州,想找读者一起吃饭,仅限两人,多了我照顾不了。

白菜是那天赴约的两个读者之一。

她的眼睛很好看,腿也很细,工作很稳定,是一家公立医院的在编护士,然而她似乎总是对自己不太满意。

我清楚地记得，那天晚上，她来我住的酒店找我，全程话都很多，像是小粉丝见到偶像那样开心。

她对我说："朵朵，我觉得你是特别厉害的女生，感觉你遇到什么事儿都完全不慌张，特别知道自己想要什么。我觉得你是我学习的榜样。"

听完她的话，想到最近一直在偷偷哭泣的自己，我只能苦笑着说："还好。"

扪心自问，那天吃饭，我真的只是想分散自己的注意力。我全程不想说话，也没有听进去她们讲的任何话。

我对白菜的印象，也只是停留在我们一起吃牛蛙的过程中，她一直在重复两个字："真好。"

什么真好呢？是年轻真好，还是有缘真好？我不知道，也不愿意去想。

这个女孩满眼星星地看着我说，羡慕我事事顺心，毫不慌张，可是鬼知道，那时候我慌得要死，怕得要命，我根本不知道第二天天亮后事情会发展成什么样。

我不知道该如何稳住投资人，不知道该怎么面对同事，不知道什么是最优解，说真的，我什么都不知道。

我清清楚楚地记得，我在广州的六天里，没睡过一个好觉。自己去产业园，自己求人问，自己哭完之后再假装很有底气的样子去和相关方谈判，出来关上门之后，泪流满面，在广州街头边哭边走。我已经不记得我到底在创意园门口失声痛哭过几次了。我不知道去哪儿，也不知道找谁，不知道可以和谁讲，不知道往后如何面对，后果到底能严重成什么样，我什么都不知道。

我只知道，我仅有的东西好像不见了，碎落满地，我却无能为力，捡不起来。

在绝境下，人会有超强的抗压力，六天的煎熬和哭泣后，我竟然误打误撞找到了一条看起来很扯，但还是想拼一把的路。

后来的事变得顺理成章。我离开了广州，工作上的问题，在多方努力下，总算是解决了。这不一定是最好的结果，但是自那以后，我真的成长了很多。

而叫"白菜"的这个女孩，也停留在了我的微信好友列表里，后续的对话也很少。如果不是她主动和我聊天，我永远也想不到，那次的见面竟然彻底地改变了这个女孩的人生，而她说的"真好"反而成了她最大的苦恼。

那个彻夜难眠，蹲在广州大街上，哭得双眼通红的我，那一刻竟然成了她努力的方向，她以为那是人生的高光时刻。

虽然这些话，我至今没有和她讲。

白菜：

生活虽然波澜不惊，但是足够让人筋疲力尽。

如果没有和朵朵的那次见面，可能我还老老实实地在医院里待着，无穷尽地三班倒，有着一眼看到头的未来和永远铺不完的备用床。

这是我在医院工作的第四个年头。如果没有意外，我会在同事的八卦闲聊中度过一天又一天，一边嫌弃，一边参与。

虽然波澜不惊，但是筋疲力尽。可是，初夏的时候我遇到了朵朵。

我很难想象，二十一岁的她眼里真的有光，那是对未来的希冀。我不知道为什么她的话比我想象中的要少很多，可能是我们确实过着不同的生活。拥有不同生活的人，其实很难交心。

她告诉我，吃完牛蛙之后，她还要回去改稿，而后继续开会，说她工作上遇到了一些小问题，最近有点儿累。

我看着她的样子，觉得特别敬佩。她虽然每天都疲于奔命，但是乐得其所。

亚里士多德曾说过："你想成为什么样的人，关键看你重复做着什么样的事。"

某一天上班，我连续铺了八张床之后，终于明白这句话的真谛了。我不想重复铺床,所以我要辞职。

所有人都觉得我疯了。

因为偶然铺了八张床就受不了了?

是的。生活捆绑了我,我要如何挣脱?用仅存的热爱。我进了一家创业公司,可谁知,这才是我噩梦的开始。

张泉灵也曾质疑外界所言的"华丽转身",她说:"我都不知道'华丽'这两个字怎么来的,怎么看出华丽来了呢?"事实上,没有一个转身是华丽的。

她从主持人跨界到了投资行业,我不敢跟她比,但也是从医院跨界到了新媒体。

风马牛不相及的行业,无论是工作环境、内容,还是同事协调、领导要求,全都没有任何相似之处。

我从头开始,文章写得烂,就一篇篇去看别人写得好的文章;软件不会用,我就一个个去学习。

一个月过去了,现实教会我理解加班是工作的常态,却没教会我该如何承受突如其来的压力。

我悲哀地发现一件事,我该学习的东西一点儿都没进步,头发反而还少了一大片。哦,对了,我还得了让人头痛的神经衰弱。

都说在大厂工作惨,我为了给自己找安慰,就打电话给身在大厂的同学,然而聊完天后我更绝望了,觉得我比他要惨多了：稿子改了五次都不合格，无论多努力都达不成关键绩效指标。

我一千次想逃离这个战场，但还是在第一千零一次又冲了回来。

我总在想，很多人都可以，我没比别人差在哪里，或者说，我总想到那个二十一岁神采奕奕的朵朵。她也是搞新媒体的，说实话，我没觉得我的资质差很多。

可生活的可悲之处就是无论你怎样给自己狂打鸡血，日子还是一如既往地过得困难。

同时，我发现了一个恐怖的事实：我没钱了。这果然是最难过的时候。我曾经万般拒绝的庸碌生活，竟然成了现在的我最渴望的生活。

换了工作，工资减半不说，房东还借着申报个税的名义涨了房租，这无疑是雪上加霜。本来指望年底能改善生活，谁知亏损的创业公司没钱发年终奖。

很多事真的是不由人的。

以前每隔一个月我就要买一件衣服，现在小半年过去，我只买了一件三十块的打折毛衣。

我开始找各种各样的平台接稿，无论稿费多低都欣然接受。我会在早上买四个包子，两个当作早餐，剩下的两个当作午餐。

我戒掉了晚饭，反正经常加班错过饭点，而且这能省下一笔钱。我拒绝了好友的饭局邀请，因为我没钱回请他们。

我会在晚上买蔬菜，因为这时候常常打五折。

为了生存，我还帮一家线上保险平台写文案。为了收集客户反馈，我会打电话过去，大部分的回复是："你是不是骗子？""你不要再打电话过来了！""我什么都不知道，不要问我。"

想来也真是可笑，以前的自己怼天怼地，其乐无穷；现在的自己仰人鼻息，低声下气。但是生活就是这样真实、残酷，为了生活，人是可以把头低到尘埃里的。

提着一口气活下去，是我们面对生活最好的选择。

日子进入举步维艰的时刻，但是即使这样，我每天依然在不停地自我安慰：只有走过最泥泞的道路，才能留下最清晰的脚印。

可是还没等我走到宽敞干净的大马路上，我的身体就出现了问题。

我记得很清楚，那是2019年的第一天，所有人都沉浸在新年的欢喜氛围之中。我在广州图书馆恶补工作上的漏洞，上厕所的时候发现自己出现了血尿。

学医的敏感告诉我，肯定是身体的内部机能出现了或大或小的问题，于是赶紧找以前的同事询问。

新年的第一个夜晚，大家都在聚会，我却在急诊室外的长椅上思考人生。

为什么做了保险平台的兼职，却没舍得给自己买一份保险？为什么放着安稳的医院工作不要，偏要出来体验这么残酷的社会？

说好去追求梦想，为什么变成了一个让自己都想笑的笑话？入冬的广州温度依然不低，这样的温度常被大家笑说不足以算冬天，然而在这个温度并不低的冬季，我却真心地觉得冷，但是又不甘心放弃。我总觉得我能行，所以就这样咬牙坚持，等着命运告诉我：你其实没有选错，你就是适合这份工作的。

听完白菜的这一席话，我觉得很心疼，也很诧异。我从不知道我困顿时强装淡定的样子，竟然会成为一个女孩改变自己人生的主要驱动力。

真的，想起那天，想起那段时光，至今我仍觉得荒诞和惊讶，然而在惊讶之余，我又生出了别样的感慨。大概我们永远不会知道，自己厌恶的生活，又有多少人对它心生向往。

这就是新年给我上的最深刻的一课：不要用眼睛去感知一个人的生活。她的光鲜，你向往，可是她的苦楚，你未必能承受得了。

在无数人生至暗的时刻，处在焦灼崩溃的边缘，我都不止一次地想：我根本不想实现什么梦想，也不想改变世界，只想要自己的生活变好一点。在困顿的日子里，这是我唯一的向往。然而实现它，很难吗？很难，真的是这样。

每个平凡人的生活都是在不断解决麻烦，喜忧参半的过程中向前推进。生活就像是一个打怪的过程，你永远不知道那个长着獠牙的怪物藏在什么地方。

那天我们还一起合了影，但是时间过去太久，我换了手机，那些照片也找不到了。但我永远不会忘记那天的广州，潮湿、微热、人声鼎沸，还有那座无论这座城市发生了什么悲欢离合，依旧屹立不倒的广州塔。它始终不悲不喜，沉默着。

刘亮程在《寒风吹彻》中写："落在一个人一生中的雪，我们不能全部看见。"

雪会融化，会被新的雪覆盖；我们经历的事情，会淡忘，会不想提及，并不会完全展示给别人。等雪消融，又是一个春天，把那些不好的事熬过去，人生的光明时刻就又来了。

在某个周一的早上，我看到一个女孩坐在台阶上哭泣，像是那年四月份的我在广州街头那样，哭得稀里哗啦，哭得旁若无人。

我走过去，给她递了一张纸巾，并在她身边放了一瓶饮料。

我在她身上看到了我自己，那个极度无助的小女孩，在人潮拥挤的街头，双手抱腿，哭得那么绝望。

我多么想当时有一个人能停下来问一句"怎么了？"或者不言不语地给我放一瓶饮料。

因为我永远忘不了，那天我哭得低血糖后，天旋地转地找超市买食物的样子，那是我忘不了的绝望。

如何度过人生中的至暗时刻？说实话，至今我依然说不好。只是我明白，即使在我们最脆弱的时刻，依然有很多人正在羡慕我们。我们远没有自己想的那么惨，还可以挺一挺。还有，如果有能力，在别人经历痛苦的时候，伸手帮扶一下，很小的善良会发出强光，成为某个人一生中永远铭记的温暖。

希望小丸子永远没有结局

每次感觉压力大的时候,我都会下意识地打开电脑看动画片。

这是我特殊的解压方式。看的时候,总是会不知不觉地把自己融入卡通角色,融入那个单纯善良的世界,那里没有压力,也没有焦虑。

大概每个姑娘都有一个关于樱桃小丸子的梦:有每天一起打打闹闹的姐姐,有总是凶巴巴但一直默默关心自己的妈妈,有青梅竹马的花轮同学,还有最偏爱自己的爷爷。

很多时候,看小丸子都会让我觉得很幸福。不是因为小丸子永远不会长大,而是因为她永远有家人陪在身边。

小丸子也有属于小孩子的磨难:少得可怜的零用钱、写不完的作业、偶尔处理不好的人际关系、容易感冒的体质。

但是在小丸子的世界里,没有离别和孤独,有的是永远的精神陪伴者——爷爷。

可能我们之所以会感觉孤独,就是因为生活中缺少一个永远偏袒自己的人。我一直以为只有我自己有这个特别的爱好,后来才知道,原来和我一样的人很多。

KK,二十三岁:"喜欢小丸子的爷爷,是个超可爱的角色。"

小丸子家有一个老顽童爷爷,充满童真和好奇心,经常和小丸子一起做白日梦,和小丸子在一起的爷爷是最快乐的。

有一集里讲道,小丸子为了帮爷爷实现环游世界的愿望,领着爷爷去了巴黎的时装店、伦敦的食品店、阿拉伯的纪念品店等等,最后在北京面馆吃了晚饭。所谓环游世界,其实就是带着爷爷在县里转了一圈。

也许我的能力有限,不能陪你走遍全世界,但是在我能力范围之内,会带你去看我的全世界。

小丸子爷爷说:"即使世界上的人都不偏袒小丸子,我也会偏袒小丸子!"

小丸子说:"爷爷,我和你一样笨,也挺好。"

每次看到这段我都要泪崩,继而想起我的爷爷。他生前患有严重的阿尔茨海默病,几乎不记得任何事,然而每次我回家,他还是会倔强地、颤颤巍巍地给我做我最喜欢吃的鸡蛋面。

我再也吃不到爷爷给我做的鸡蛋面了。

我羡慕小丸子可以永远不长大，她的爷爷也可以永远陪伴着她。和小丸子的爷爷一样，我的爷爷，也是全世界最好的爷爷。

容姐，三十二岁："我喜欢小丸子，因为她不只陪伴了我的童年。"

我有一个可爱的女儿，比小丸子稍小几岁。每天我都会和她一起看《樱桃小丸子》。

其他宝妈给我建议说："你让她看小丸子，哪里学得到东西？"我没有理会，比起其他花花绿绿的动画片，我觉得《樱桃小丸子》更加纯粹。

对于一个孩子来说，更重要的难道不是有一个快乐的童年吗？我不想我的孩子成为学习的机器，也不想用能学到多少知识来评判一部动画片。

我愿意看到的是，我的女儿每天蹦蹦跳跳地拉着我的手，告诉我她也想做小丸子一样善良又讨人喜欢的女孩。

我没办法为她遮挡她长大以后要面对的社会上的雨露风霜，但我可以让她过一个像小丸子一样简单快乐的童年。

海帆，十七岁："我喜欢小丸子，因为她离我很近，很近。"

《樱桃小丸子》是一部很接地气的动画片，里面没有可怕的巫婆，也没有会魔法的仙女。看到小丸子，就仿佛看到了另外一个自己。

小丸子就是一个普通的小女生，爱睡觉，爱偷懒，不爱上课，不爱做作业，有一个并不算富裕但其乐融融的家，有一个像小玉那样吵吵闹闹又不离不弃的朋友。

她会因为写不完作业，绞尽脑汁找理由，也会因为受到表扬而欢呼雀跃。她有那么一点儿淘气，但从不会害人；她时常烦恼，但不会忧郁；她会羡慕花轮那样有钱的公子哥，但更喜欢自己温馨美好的小家庭。

每个人都能从《樱桃小丸子》里找到自己的影子，也许是小丸子，也许是姐姐，也许是小玉。这部动画片可以让我们想起自己年幼无知时，做过的种种让我们笑、让我们哭的事。小丸子，是我的小朋友，也是我的老朋友了。

我不在乎别人的眼光，这个世界自去复杂，我们仍可以保持单纯，就像小丸子一样。

大蓝，二十八岁："我喜欢小丸子，因为她不用长大。"

在职场久了，我变得越来越强势，成了精英、骨干、女汉子。好像也没什么不对，这样的标签，让我变得更想隐藏自己，更加不苟言笑。

你一定想不到，我最爱看的不是《杜拉拉升职记》，而是《樱桃小丸子》。

因为小丸子可以永远年轻，她不用知道这个世界的残酷竞争，也不用考虑房价上涨和柴米油盐。

官方显示小丸子的生日是1965年5月8日，但是漫画里和屏幕里的她，永远都是九岁的样子。所有人都会老去，但小丸子不会。

她始终是那个傻傻的、头发黑黑、背着书包的样子，永远上三年级，不用长大。她看到的都是这个世界美好的一面。

我喜欢这种感觉，她永远保留着我们所有人九岁时的样子，而我喜欢小丸子这件事，只有我自己知道。多希望自己还能像小丸子一样，想哭就放开哭，想笑就大声笑。

如果所有人都卸下伪装，我想，我们都会对这个世界多一点儿喜欢。

长大已经不容易，怎么能连哭笑都遮遮掩掩？

珠儿，二十六岁:"喜欢小丸子，因为她从不吝啬自己的善良。"

小丸子遇到谁都会主动打招呼，对所有人都怀着好意。

美术课上遇到脾气很差的前田，虽然不乐意，但还是会主动表示要和她一起玩。运动会上看到永泽一个人，小丸子也会邀请他来一起吃东西。永泽不领情，她也丝毫不介意。

如今的我，在这个光怪陆离的社会中摸爬滚打，看过太多，经历太多，很难再毫无防备地相信另外一个人了。面对形形色色的客户，我每天看似都在笑，但其实我自己知道：我把金钱和利益挂在嘴边，已经记不清有多久没对其他人真心地笑一次了。其实，我曾经也是一个见到别人就笑着打招呼的人啊，怎么忽然就变了呢？我知道这个世界不总是充满善意和阳光，但我们可以一直保持善良。

刚子，二十一岁："我假装喜欢小丸子，但我喜欢的是你。"

和初恋分开两年了，和她在一起的时候，她特别爱看《樱桃小丸子》。我说："你幼不幼稚？都这么大了还看小丸子。"她说："不会啊，小丸子真的很可爱啊。"

在一起的时候，我送过她很多有关小丸子的礼物，却从没有陪她看过完整的一集《樱桃小丸子》。

没想到分手后，我看《樱桃小丸子》反而上了瘾，一边看，一边回忆着和她在一起时的点滴，回忆像小丸子一样傻笑的她、开心时耍宝卖萌的她、生气时嘟嘴的她。之前总觉得她不够成熟，现在才觉得能保留一份童心是多么难能可贵。

看了《樱桃小丸子》之后才明白，其实她和小丸子一样简单，而我给她太多我以为的喜欢，却没有给她想要的陪伴。

可惜，我失去了一个这么单纯的女孩。

可惜，当我终于把《樱桃小丸子》一集一集补回来的时候，她已经不在我身边了。

我多希望，她能回来，我们能回去，然后，我会陪她一起认真地看小丸子，因为小丸子真的很可爱啊！

我们每个人喜欢小丸子的原因都不相同，但有一点是一样的——我们都曾经是小丸子，我们现在也都想成为小丸子。

小时候迫切地想看小丸子的大结局，抱怨怎么总也演不完。现在倒觉得，这样也挺好，我们的小丸子永远都不会变——呆萌的发型，红红的脸蛋，有点儿小馋、小懒的小毛病,但是是一个很善良的小女孩。

其实有些故事不一定要有结局,因为不管多完美的结局,都意味着结束。

我希望小丸子永远没有结局。

我希望有个偏袒你的人,让你能一直做个小孩。

我希望我们都更像小丸子一点儿,因为那是我们最干净纯粹的样子。

这个永远长不大的九岁小学生,总能一语击中许多成年人的内心。

看动画片从来都不只是小孩子的权利,无论你现在处于什么样的年龄与境地,希望你都能像小丸子一样纯粹。

相信我,这样会很快乐的。

你的健康比任何事都重要

熬夜对于我来说似乎已经不是什么值得大惊小怪的事情了。

我最长的熬夜纪录是三十一个小时。熬着熬着,就真的一点儿都不困了,见证月亮消失、太阳升起,写完文档保存,心里会有一种异常的满足感。

昨天躺在床上,我照例刷着微信朋友圈,看到一个同行更新了信息:

刚刚看新闻,又有一个年轻人熬夜猝死。在这里真心地奉劝大家,不要看新闻。

虽然他是开玩笑的语气,但看完还是满满的心酸和无奈,因为想到了最近总以写文章为由熬夜的我。

新媒体从业者确实是一个经常需要熬夜的群体。哪里有热点,哪里就有我们的身影。现在每次熬完夜,第二天起床我都会有明显的恍惚感——第一次那么明显地感觉到心脏的存在。它跳动得那么吃力,是的,我可以感觉到它的逞强和费力。

其实我并不想熬夜。我也知道还年轻的我只要学会把时间规划好，就能把自己的状态调整回来，我额头上的小痘痘就会消退，黑眼圈就会淡化，就能把自己从猝死的边缘拉回来。

可是，我真的做不到。

我没有那样的能力，做不到任何时候想写就写，有说不完的话题、抖不完的段子；做不到那么有自制力，关掉手机，专心致志地工作。总会有各种各样的念头闪现，总会有各种干扰出现。面对两个小时的工作，我真的没有能力将它压缩到一个小时内完成。

还有，很多时候我必须应对生活中突发的各种意外紧急情况，因为人生，真的不仅仅是由工作组成，还有人情、生活等等。最重要的原因是，我的野心没有那么小，我有自己的宏大蓝图，尽管它们从未被我挂在嘴边，成为我茶余饭后的谈资，或在酒醉的夜晚任我肆意倾诉，但是这些理想都存在于我心底的那份憧憬里。我知道，如果不努力，什么都是黄粱一梦。

我很少和谁说自己的累，但是其实真的好累，压力也好大，推送消息自己写，平台自己运营，书稿的交稿日期在慢慢逼近，科目二考试迫在眉睫，生活中各种零碎的小事也需要处理。因为我知道，每个人都累。你说生活难，可谁又活得容易呢？

我最怕晚上七点,一到这个时候,就要火速赶素材了。

七点到十点,应该是我体内肾上腺素水平最高的一段时间。每次按下"确认发送"的按钮时,身体就像是一个充满气的气球忽然松开气嘴,一下子瘫软在椅子上。身体的疲惫感和精神的无力感顿时占据了我所有的感知。

二十岁出头的我,最终还是没有想象中用不完的精力和不知疲惫的身体,光靠激情再也不能支撑所有的生活了。

我会把这些归罪于我的作息和精神压力。我已经很久没有在凌晨一点前睡过觉了,也逐渐丢失了按时三餐、适当运动的习惯,更无法坚持一口气做五十个俯卧撑了。

有一次被我爸妈拽去晨练,在公园里遇见一个老先生,我们一起结伴晨跑。跑到第三个一公里的时候,我明显跟不上他的脚步了。我开始气喘,脚也迈不动了。老先生笑呵呵地对我说:"二十出头的年轻人,这状态也太差了。"

是啊,二十多岁的我们被形容为初升的太阳,正处在人生最好的阶段。可是如今,我们已经熬到了几乎油尽灯枯的地步。

我们的眼袋和黑眼圈越来越重，用遮瑕棒也掩饰不住皮肤的暗沉，眼神里的光也慢慢地褪去。我们在朝气蓬勃的年纪里，活成了老气横秋的模样。

有一次和朋友在一起吃饭，他刚通宵加完班，眼睛里布满了红血丝。为了提神，他在咖啡里加了大量的冰块。吃完饭我说上厕所，等我一下。我只是去了不到五分钟，回来的时候，他已经趴在桌子上睡着了。那一刻，我开始怀疑努力的意义。

其实熬夜的状态是分时间点的。一般从晚上九点开始到凌晨一点，思绪比较活跃，效率还挺高的。但过了这个时间点后，便明显感觉力不从心，精力有点儿支撑不住，注意力也不再集中了。等到了三四点的时候，更明显的感觉是反应迟钝，开始隐隐约约出现幻听，那一刻，我觉得自己像个女疯子。熬夜的不良影响一直延续到了第二天晚上，头晕，没食欲，情绪低落。第二天晚上洗完澡之后，我躺在床上，发现自己虽然真的很困、很困，但是睡不着了。深夜里异常安静时，我听到了我的心跳声。我记得多年前我发烧烧得厉害的时候也出现过这样的情况，听到心脏"咚咚咚"地敲打着胸腔，像快要跳出来一样。

曾经听过太多劝我们不要熬夜，让我们珍惜生命的消息，多到我已经麻木，已经不想再听了。因为不管别人怎么说,我都会不服气地想,这些都离我很远,直到我迎来了今年的第一次生病。说话困难,头晕目眩,整个人已经身心俱疲。打吊针的时候,朋友给我发微信,问我:"做什么呢?"我说:"在潇洒。"他的声音略带疲惫:"开了一整天会,好累。"

我透过诊所的玻璃窗向外看,已经晚上九点半了,对面的商务楼还是一片灯火辉煌。

那么拼做什么呢?何必呢?

可是曾经,我也是其中的一员。如今病倒了,我却也想开了,该让自己停下来休息一下,给自己一段恢复的时间了。因为我知道,这个世界上还有很多美丽的风景我还没来得及看,还有很多有意义的事我没去做,还有一直爱我的父母没有去回报。

而这些都需要我好好地活着,需要我有一个健康的身体才能去完成。

希望我能以这篇小短文让每个人都感受到我的真诚,也希望大家都多给自己一点儿时间,别再那么努力了。你已经够辛苦了。

总有人能给予你尊重和温暖

现在大家都说，认真就输了。

但是大家都不认真了，又凭什么赢？

从什么时候开始，我们丢掉了愤世嫉俗的正义感，变成一个拥有高情商的、冷漠的成年人了呢？

小时候谁忘了戴红领巾，我们都要报告给老师；在马路边捡到一分钱，也要交给警察叔叔。那时的我们有着非黑即白的强烈正义感，面对所有的圆滑和世故都要翻上一个不屑的白眼。

可是从哪一天开始，我们的正义感好像并不能获得其他人的理解？

前几天，一个以前玩得挺好的学姐从泰国旅游回来了。

因为这次的旅行，学姐和男朋友陷入了不太愉快的冷战当中。在他们过境外某国海关的时候，很多人都给了一些额外的小费，耿直的学姐拒绝支付这笔小费。在她据理力争的时候，所有的同行乘客都在抱怨学姐延误了他们的旅游行程，甚至一个壮汉几乎是在破口大骂了。学姐的男朋友匆匆塞了一笔小费，他们才勉强从海关出来了。学姐一直在抱怨不应该多掏钱给小费，甚至还专门在微信朋友圈发了一条表达因为此事心情不太愉快的信息。

在第二天的行程里，导游私自改了他们的路线，要带他们去当地的一家纪念品店里强制大家消费，学姐又一次挺身而出。

导游发现除了学姐，没有人再跳出来反对以后，恶狠狠地对站在大巴车过道里的学姐说，要是再扰乱行程的话，接下来她就要小心一点儿了。同行的人在她和导游争论的时候还劝她："反正出来玩都要买东西的，在哪里买都一样。"

此时学姐才真正地感觉到了孤立无援。她责问男朋友为什么不帮她说话，男朋友却压低了声音对她发了火，责怪她出来玩还非要多管闲事，出门在外的非要和别人争论，万一碰到不好相处的人，非吃苦头不可。

听着男朋友的抱怨，学姐突然不知道自己到底是对是错了。明明她是想要帮大家避免吃亏，可大家宁愿吃个闷亏，也不想产生矛盾，反而是跳出来的她倒像个异类一样，承受着大家的谴责和抱怨。

就像是一群默契又沉默的羔羊里突然多了一只长着

犄角的鹿，虽然大家都是可以友好相处的食草动物，但是长着的犄角就变成了她的错误。

我们都想努力做好自己的事，都期待自己奋力拼搏的事有一个好的结果。说到底，我们都想要赢。在很多时候，面对不公平或者质疑，我们声嘶力竭地为自己发声，却发现自己在不合群的路上越走越远。我们可能因为这些茫然过，委屈过，但是，只要有人愿意认真地听我们的声音，我们就又会卸掉所有的刺。

每一个独自在外闯荡的人，都是倔强而又珍贵的。他们带着坚定的原则、不退步的棱角和柔软的心，像个孩子一样执拗。可是我们为自己的利益去争辩，却被说成斤斤计较；我们拒绝外卖小哥超时三小时的外卖，却被说成没有同情心；我们敢于为自己说话，敢于与不良风气作斗争，却成了大家口诛笔伐的所谓的"罪人"。

在这样的宽容之下，好像我们随和得几乎没有原则，人们总说"为了你好""都不容易""来都来了"……于是我们将错就错，睁一只眼，闭一只眼，就当事情圆满地过去了。

我们曾意气风发地踏入这个社会，也曾满怀豪情地发誓要大有作为，但是当我们真正走到这里时才发现，好像我们突然就不"合群"了。

讲真的，在这个社会中，我们变得不再那么认真了。规则什么的，都不重要。只要结果是好的，一个人受委屈也没关系。

以前的感同身受是泪流满面，现在的感同身受大概就成置身事外了吧！或许你会说，是真的没办法啊，一个人的力量真的是太小了，但是还有许多独自在外坚持的人。他们是忍受着许多委屈，捧着满腔热血，偏要去撞一撞人们都说不能撞的南墙的人。即使明知会头破血流，泛红的眼中会含着眼泪，他们也要撞一撞，并在撞过之后坦然地告诉别人"我撞过了"。

他们渴望给自己一个交代，也渴望成功，所以他们分外认真，认真得让人心疼。

但是即使是这样，即使是独自在外打拼，也总有感到温暖的时候，也总有人能给予你尊重和温暖。

你会选择撞一下南墙，还是"合群"？希望你，被尊重，被温暖。

第二章

那些暗恋的兵荒马乱

> 缘分这种事,能不负对方就好,想不负此生很难。

一起吃苦的人没办法一起享福

下午靠在椅背上,耳机里循环播放着《后来》,心里想的却是昨晚看的电影。

来时不惧风雨,去时何畏人言。和大多数情怀电影的路数一样,相遇、回忆、现实,三点确定一个面。

可奇怪的是,它好像和其他的电影又不一样。

没有皆大欢喜的结局,也没有恋恋不舍的郎情妾意,说旧情人相见时分外伤感倒也不至于,但是终究没办法落落大方地走进只有彼此的电梯。

回忆是彩色的,现实是黑白的,这世上根本不存在什么感同身受,却看什么都能联想到自己。

那时的你们一穷二白,却奢侈地拥有彼此。那种贫穷的奢侈,叫爱情。

你还记得那个愿意为你"上九天揽月,下五洋捉鳖"的他吗?那个时候你们都很忙。尽管忙,你们却可以从睁眼聊到入睡;尽管忙,你们却可以奢侈地每天保持至少一个小时的通话,手机总是收到话费余额不足的提醒。尽管如此,也依然乐此不疲,好像再累、再忙也有拼劲儿。

那个时候,你们从童年聊到大学,从读书说到毕业,从兴趣聊到梦想,从当下聊到未来。

你们都喜欢有着大大落地窗的大房子。你们还说好要一起养好多好多狗,金毛、萨摩耶、阿拉斯加,虽然没几天,你又嫌养狗麻烦,改为想养猫了。

你们说要一起去好多好多地方,远一点儿的挪威、冰岛、希腊,近一点儿的泰国、柬埔寨、波兰,国内的一些城市也行,三亚、大理、拉萨。这些你们都说到过,都是你实现不了的愿望。

甚至到后来,你的愿望越缩越小,已经从去冰岛住在透明玻璃酒店里看极光,变成了去一趟上海迪士尼看免费的烟花表演。

携程、去哪儿、飞猪,这样的手机应用软件你下载了一大堆,没事儿就去上面看机票价格,还煞有介事地收藏了好多景点攻略、游行线路。可是因为价格,你还是一直狠不下心来,就连去隔壁城市的次数,用一只手都能数得清。

但是那时候你完全不难过。你开心啊,虽然什么也没有,但是你依然快乐。你的生活里从此多了一个人,他填满了你所有的寂寞。

你的手机里多了好多为提醒他而设定的闹钟，你开始吃他喜欢的食物，你开始喜欢他的爱好，你刻意地模仿他的举动，你习惯性地去听他爱听的歌。

你俩慢慢地融为一体，那种契合、那种满心欢喜，让你在好多时候都恍惚地以为，这就是一生了。

你们怎么能有那么多话可说啊！每天像是说不完，说不够似的，连细枝末节的小事都想拉着对方讲，对方也毫不倦怠，乐此不疲地认真听着，并且有互动。

你多了一个能脱口而出的电话号码，他多了一块可以时刻牵动情绪的心头肉。

你们以为这就是一辈子了，你们无时无刻不在计划着往后的生活，研究着五年、十年、二十年、五十年的纪念日要怎么过。

这一切现在看来有点儿讽刺了，但是在那个时候，你们什么都没有，可你们拥有对方，拿全世界来换都不够。

为了面包，你们一起挨过了最艰难的那段日子。

一间破陋的出租屋，两个因为爱情而耀武扬威的灵魂。

赚得少，泡面你一半我一半；你吃得多，那么调料包多给你一点儿。

为了省钱，你们一起从三环走到五环。

心疼彼此，你们也攒钱给对方买超出当前收入的礼物。你们天天相互打气，每天洗脑式地给对方加油。

"等我们有钱就好了！"这是你们一起做过的最大的梦。

其实回头看，那个时候再难也不难，因为你们的心是满的，你们是拥有彼此的。虽然手头没有一张房地产权证，但是你们心里无比确定，你们是一体的，旁人无法拆散。

再后来你们为了爱情，去追求面包；为了面包，被生活像擀面一样地肆意蹂躏。慢慢的、慢慢的，你们渐渐忘了你们为什么会被生活蹂躏，你们一致认为是为了面包，却忘了当初是为了爱情。

你们渐渐回避谈那些不切实际、天马行空的话题，越来越没兴趣研究当日的星座运势，再也不好奇怎么才能养活热带鱼，因为你们完全不想聊那些"没用的话题"。

你们更多地回归到现实，回归到每天柴米油盐的支出，回归到为什么这个月的奖金还迟迟没有到账户，回归到新出的限购政策，回归到能赚更多钱的一切可能。

你们之间确确实实地变化了，你可以清楚地感知到面面相觑、相对无言的尴尬。你很想回忆起到底是从什么时候开始改变的，可是无论你怎么想，都想不起来具体的时间节点。

可能是在某次看电视时无意间说出的一句话，可能是在某次吃饭时无意间多点的一道菜，一切都有可能，但是你搞不清楚，你们之间还剩下多少可怜的可能了。

他认为你要大房子，要怎么花也花不完的钱。他认为只要他赚了足够多的钱，就是给你最多的爱和安全感。

你不知道如何告诉他，你内心真正想要的一直是他这个人。如果这个人不是他，那么大房子、包包、口红、钱便没了意义。

他觉得你虚伪，口不对心。你觉得他现实，冷漠无情。

你们开始因为琐事而争吵，越来越频繁地提起以前。曾经放首劲爆歌曲就可以蹦迪的出租屋，原来也可以是炼狱般的战场。气到崩溃时，你们像敌人一样剑拔弩张，满眼厌恶。

你们当时是何等的默契，有聊都聊不完的话题。当时认定的最懂你的人，现在却成了最不懂你的人。

当时一句不经意的话，你们都要解释半天，现在却无话可说了。你们有钱了，但是彼此再也无法走近了。

在电影《后来的我们》中，林见清最后都没有冲上地铁，方小晓也没有和他好好告别。

就像他最后也没有紧紧地抱住你,你不想让他走,内心却深知他不会属于你了。

把一个人从你的生活里摘去,让一个早已住进你心里的人搬出去,是一个伤筋动骨的大工程。

分手以后,你终于体会到书里所说的"心痛"的滋味。你有多少次梦见他给你发消息,在半夜醒来时下意识地去翻手机;你有多少次有意无意地因为一首歌、一件事想起他;又有多少次在梦里,你们依然笑得那么开心。

你对着那一沓厚厚的火车票、机票,如数家珍。每拿出一张,那里的风景、那里的美食、那里发生的所有的事、两人的笑脸,全都浮现在脑海里。

可现在你终于要将它们尘封起来了,连同当时所有的悲欢离合。直到现在你还是会偶尔想起他,你也不止一次地幻想过你们的重逢,不止一次地幻想过他的婚礼,想他的另一半和你像不像。如果不像,当时他怎么会爱你爱得那么激烈;如果像,那为什么和他走到最后的不是你。可能那个女孩没见过他狼狈不堪、一无所有时的样子,也可能是那个女孩身上,有着当初年少的你那般的纯真。

我特别喜欢林见清和方小晓十年后的对话,残酷却真实。

"如果当时你没有和我分手……"

"那我们之后也会分手。"

"如果当时足够有钱,我们住进一间有大沙发的大房子……"

"你可能找了不下十个'小三'。"

"如果当时我们就是不管不顾,就是结婚了呢?"

"我们离婚好多年了。"

在现实生活中,没有那么多如果可以借给我们,也没有人帮我们完善结局。

后来,故事里的他们走散在人海中。后来,现实中的我们也还留有余温。

我一个人看完了这场电影。它的口碑是好是坏,网友是褒是贬,都不重要了,重要的是它让我想起了明知道没有结果,却还是想要奋不顾身地陪他走完一段路的那个人。

有遗憾,但是不后悔。三毛曾在书里写道——

"钟敲十二响的时候,荷西将我抱在手臂里,说:'快许十二个愿望。'心里重复着十二句同样的话:'但愿人长久,但愿人长久,但愿人长久,但愿人长久——'"

可现实是,荷西潜水时意外丧生,离别发生得猝不及防。

有的人来你生命里走一遭，然后悄然离去，告诉你人生总会有错过。那些曾经的爱意并非虚幻，那些过往的郎情妾意亦是万分真挚，但是时光又实在是一个难以捉摸的东西，我们能做的，就是在相爱的时候不遗余力。

电影《寻梦环游记》里有句话："死亡不是生命的终点，遗忘才是。"

我会牢牢地记得你，记得你带给我的甜，记得你成全过我生活的暖，记得你教我的相处中的雷区和经验，然后好好地，带着这份记忆，去爱别人。

缘分这种事，能不负对方就好，想不负此生很难。

男生日记 vs 女生日记

有人说过这样一段话:"很多人结婚都只是为了找个跟自己一起看电影的人,而不是能够分享看电影心得的人。如果只是为了找个伴,我不愿意结婚,我自己一个人也能够去看电影。"

我只想和你一起去看电影,别人都不行,但是,我不好意思和你说。

婷婷和阿水

婷婷日记

我大概是喜欢他的。他打球的时候我就觉得他与众不同,看着他流汗的样子,我就莫名地害羞和心动。我想在他打球的时候给他送水、递毛巾。

他让他的队友给他打电话。那么长的电话号码,他说第一遍的时候我就在心里默默地记下了,但我不知道用什么理由打电话给他,也没有勇气发出好友申请,只能翻着他陌生人仅见的十条微信朋友圈信息。

阿水日记

打球的时候看到一个小女生，个子小小的，怎么那么可爱啊！她是在看我，还是在看别人？反正我来一个帅气的投篮就对了。我故意跟队友说给我打电话，还把手机号大声地说了三遍。整个篮球场的人应该都知道了，她肯定也听到了，不知道她有没有记下来。

真希望回去就能看到她的好友验证啊！

婷婷日记

今天下课，我又走到篮球场上。我已经摸清了他打篮球的时间。怎么会有这么热爱运动的男孩子呢？真好，但是……跟他在一起的那个女生是谁？关系应该不一般吧？要不然不能那么亲密。可能是他喜欢的人吧，笑得那么开心。

幸好没加他的微信，不然我就像一个小丑了，以后还是少来看他打球吧！

阿水日记

今天小妹来学校看我了，问在哪里能找到我。找我还能去哪里？我恨不得长在篮球场上。小妹调皮，一直跟我闹，我真是挺无奈的。

她今天也来了，我是不是应该勇敢一点儿，主动去加她微信？可是她看起来有点儿不开心。我还没走的时候她就离开了，是不是她看的人不是我？

果然，队长一走她就走了，原来，她喜欢的人真的不是我。

诗宇和余豪

诗宇日记

我俩从小青梅竹马，我觉得我喜欢他，是想结婚的那种喜欢，但是他不知道我的心思，一直把我当成一个男生。我和他从小就一起干坏事：我们一起逃课，一起打架，一起脸不红心不跳地对着老师撒谎。可是他不知道，他一个简单的搂肩我都会心跳好久。

他可能只是把我当朋友吧！今天他悄悄地跟我说他喜欢上了一个女生，不是我。

余豪日记

她就像是我一出生就被安排在我身边的小媳妇一样，天天像条尾巴似的跟在我后边。不知道是不是天生的默契，我俩在一起简直就是完美搭档。

但是她不知道我喜欢她。每次我以"兄弟"的名义搂一下或者抓一下她，与她多一点儿接触，我就能开心好久。可能我在她心里已经没什么形象了，但我还是想试一试。

听说一个女生开始吃醋就是喜欢的表现。

如果我告诉她我有喜欢的人了，她会不会生气呢？

诗宇日记

第一次感觉我失去了一个人,心里很难过,比我俩一起养的小黄狗走丢了都难过。可是我没资格说什么,表面云淡风轻,其实内心已经哭了一万场。看他贱兮兮的样子我就生气,我对他说:"我也有喜欢的人了,就是你的死对头。我明天就要送情书了,用不用也帮你送?"

我永远都不要输,就算他不喜欢我,我也要比他先找到恋爱对象。

余豪日记

我已经想象出她生气的样子了,我想成为那个永远为她顺毛的人,可是她一点儿反应也没有。难道是我没说明白?当我再说的时候,她还是冷淡的表情。她说她也有喜欢的人了。我期待是我,可是不是。

是谁已经不重要了,我就像失恋了一样。虽然没恋爱过,但是失恋的人肯定都没我伤心。

不过我还是会在背后保护你,他要欺负你我就打他一顿,打完他之后,还是会在你身后默默地跟着你。

久久和小崇

久久日记

我还记得那天,我在车站,他哭唧唧地送我上车。

我们都很舍不得彼此。这是我出国的前一天。他追着大巴车跑了好久，我到现在都忘不了那个画面。后来，可能因为时差，也可能因为彼此都缺乏安全感，我们吵架吵得特别凶。

我不知道为什么他对我没有以前好了，我完全不知道他的情绪变化，不知道这次分开，他会不会难过和失望。真的，我什么都不知道。

但是我也不想问了，算了，死缠烂打的样子太丑了，所以我说了分手。

小崇日记

她要去国外留学，我真的很舍不得她。我不知道要过多久才能再见到她。送她离开的那天，我就暗暗发誓，一定要好好努力，才能配得上她。可是分开后我们总是吵架。我不想吵架，可是她一哭我就着急，一着急我说话的声音就会变大。我真的想哄哄她啊！

她却对我说了分手。我不敢相信。我发信息问她："如果我到你那里，我们还有可能吗？"她没回话，我也没敢再发。大概她是真的厌倦我了吧！

久久日记

其实说完分手我就后悔了。一个人在国外生活，压力真的太大，太大了。我一边后悔，一边倔强。我没有回答，也许这也是一种无声的拒绝。我不知道自己为什么会这样口是心非。

可能我没有安全感吧，非要他用各种方式证明他爱我，宠溺才是偏爱吧！可能我就该失去这份感情，好多话我都没说，比如"我想你了"，又比如"我们和好吧"。

我多希望他再哄哄我，真的，哪怕他再挽留一句，我们也肯定不会是现在这个样子。

小崇日记

送走她后我一直在学习，努力地学习。我不只是想要跟她在一起，而且想要让自己以更好的姿态站在她的身边。我考取了全校唯一一个交换名额。可是她已经不需要我了，也许她已经遇见那个合适的人了。

她是一个很好、很优秀的人，是我配不上她，没错的。她离开我也是理所应当的，我们根本不是一个阶层的人，我不能再耽误她了，我决定放手了。

姚远和魏来

姚远日记

我从朋友那里听说他要结婚了，这么多年过去了，心还是狠狠地疼了一下。想到我们还在一起的时候，我问他："如果以后你结婚了新娘不是我，怎么办？"他说："你一定得去抢婚啊。"这么多年过去了，他肯定成熟了吧，结婚对象肯定是一个非常完美的人。

抢婚什么的就算了，做不成爱人，我也不想让他恨我。

魏来日记

我们曾经很认真地约定到二十七岁时，如果还爱着彼此的话就结婚。我今年二十七岁了，我还爱着她，我靠自己的努力能给她一个稳定的未来。可是，她还爱我吗？我说我要结婚了，她会来参加我的婚礼吗？我们很认真地研究过抢婚，虽然很可笑，但那时候我们都在努力证明，我们爱的是彼此。

即使她来不是为了抢婚，只要她来了，我就会跟她求婚。

姚远日记

他的婚礼，我还是别去了吧！我们约定二十七岁结婚，但是他找到了那个适合他的人。如果他身边的那个人再晚一点儿出现，我们可能就是另一种结局了吧？

看到他就忍不住想拥有。想拥有又怎么能甘心做朋友？怎么能心甘情愿地祝他们幸福？

魏来日记

我等了她整整一天，布置好的玫瑰都蔫儿了。这是在告诉我，我们的感情真的结束了吗？真的结束了吧！关于二十七岁的约定，我当成人生大事去对待，却没想到她已经不再需要我了。我们还没有好好道别，还没好好说再见，我就真的彻彻底底地失去她了。这不是结局的结局，就是我们最好的结局了吧！过了二十七岁，我们就没有任何约定了。

你是我的可遇不可求，可遇不可留，可遇不可有。

有多少错过是因为不说，有多少遗憾是因为错过，又有多少人在错过的遗憾里倔强地活着，最后选择得过且过。

如果我们能再勇敢一点儿，结局会不会就不一样了？

如果婷婷勇敢一点儿加了阿水的微信好友，阿水告诉婷婷那个女孩只是他的妹妹；如果在诗宇和余豪中有一个人能勇敢地说出喜欢，而不是把对方越推越远；如果小崇直接告诉久久，自己努力是想去陪她，久久告诉小崇自己只是倔强；如果姚远去践行了他们的抢婚约定，如果魏来直接去找姚远……

结局是不是就不一样了？

年轻的时候，我们总是以为错过的是一个人；长大后回头看，才明白错过的是一生。

原来总以为什么事儿都是上天的安排，是我们输给了现实，是我们败给了天意。然而又有多少人想过，很多事，其实只要我们往前多走一步就会不一样了。

我听过太多太多关于错过的故事了。所谓的错过，不是错了，而是过了。

我羡慕那些和你在同一座城市的人，可以和你并肩同行，乘坐同一辆地铁，走同一条路，看同一处风景。他们甚至还可能在拥挤的人潮中不小心踩了你的脚，可能还会有机会和你说一声"对不起"，再听你温柔地回答说"没关系"。

他们那么幸运，而如今的我，只能在心里默默地对你说一句："我想你。"

明明把所有的东西都收拾齐了，却总觉得自己什么也带不走。没有你，我再也不会去看电影了。

如果重来一次，我们一定要勇敢一点儿，也许这样就会有截然不同的结局了。很想你，很爱你，很遗憾，真心爱过你，是很真很真的那种。

如果当初我们都勇敢一点儿，也许结果就真的不一样了。

十问前任,男孩你听好

前段日子,某导演的"十问说"被吵得沸沸扬扬。本以为只是小打小闹,没想到马上就看到了成效。

我觉得这个问法挺好,简单、高效,能办事儿。所以趁着今天我有这股劲儿,我也想问你十个问题,你给我仔仔细细地听好了。

一、你还好吗?

刚开始的时候,面对我的消息,你几乎都是秒回。你也会报备生活的每一个瞬间,好像我们之间没有任何的阻碍。

因为你二十四小时都有空,随时可能出现在我家楼下说想我,所以我也随时都要保持完美的形象。

你还别说,那段时间的我,确实是挺漂亮的!

当然了,这都是最开始的事儿了,之后的你变脸和翻书似的。

再后来,一切像是一个轮回。你知道啥叫轮回吗?

我们都知道我们之间已经出现了问题，但是谁都没想过要主动低头去解决问题。然后日积月累，问题越来越大，我们依然不肯低头，最终发展成为冷战。

当然了，这话主要是说给你听的，因为那时候的我已经很卑微了。但是感情是乘法啊，一方为零，结果就永远是零啊！

终于，旷日持久的冷战，彻底磨灭了我们对彼此的喜欢。

如今的你，就像是躺在我好友列表里的一个"僵尸"——没有消息，没有动态，没有红色感叹号，也没有一条横线，就像是什么都没发生过一样。

我真的是纳闷了，你能忍住不联系我，我认了，但是你就没有任何社交吗？怎么连条微信朋友圈信息都没有呢？

在我的好友列表里的你，现在还好吗？

二、分手以后再找的女朋友是不是还挺单纯的？

按照你的剧本，该心跳的时候心跳，该脸红就脸红，在你离开的时候也没有敢让你讨厌。

你说的晚安，我收集了446条，之后就再也没有收到。

但是听说现在你每天晚上群发的晚安就会有好几十

条，怎么现在连群发你都不把我勾上了？

你这售后服务做得不到位啊，用户体验很差，你知道吗？

曾经啊，我傻乎乎的，你说的一切我都相信，我以为你不至于骗我。

你说你忙，你说你会一直都在。

但是这些话，是不是都成为你常用的快捷回复了？你总是这么懒，关于这点，我说了你不下三次了！

你连招数都没有变一下，就得到下一个姑娘的喜欢和爱，让她和我一样，对你怀着满心的期待。

我知道这是你的伎俩，所以我一边画着重点、学习套路，一边计划着反套路，以至于后来遇到真心时我都会忐忑很久。

现在的感情都是1.5倍速，用几句话概括完全部过程后，心动就成了一道选择题。你愿意上钩就在一起，不愿意，我就再换下一位。

现在你身边的这个姑娘，是不是也是这么骗来的？

三、离开我以后，你是不是后悔了？

说实话，你离开的时候我不可能不难受，但是好像一切都不允许我再声嘶力竭地失个恋。

每一天都装出一副若无其事的样子继续努力地生

活,信念也都变成了"不蒸馒头也要争口气"。

坦白地讲,我现在已经变得很好了,而且还在继续变得更好。你错过了最好的我,所以你损失惨重。

当然啦,我也没少付出,毕竟我把青春打包给了你。离开你以后,我过得还是挺好的。

现在的我,比当时漂亮,比当时瘦,比当时会穿衣打扮,比当时情商高。

还有啊,我又学会了很多技能。比如我已经可以一个人熬过漆黑的夜,可以一个人过得光鲜亮丽。

我再也不用为了谁省掉一根口红,努力攒钱去换一个名牌剃须刀了。

这么说来,当时的我是真的挺傻的。

对了,我去看你现任女朋友的微博了,她转发了好多抽奖送礼物的链接。你当作没看见,你不知道人家是在管你要东西啊!

你看,你再也碰不到我这样的傻女孩了。

对了,你会不会想起那条我攒了好久的钱送你的领带呢?你错过了对你一片真心的我,有没有后悔呢?

四、为什么不能好好说分手?

当初看完电影《前任3:再见前任》,我转发了八遍《体面》这首歌。你还不知道是什么意思吗?从分手到现在，我们都没有体面地告别过。

我朋友和我讲，分手的情况有三种：一种是突然沉默地消失在了彼此的生活中，谁都没有提过；一种是大家大吵一场，带着愤怒分道扬镳；还有一种就是分手后依然还会念念不忘，但是执着于彼此伤害。

其中，第三种情况最多。

我琢磨着，咱俩再不济，也得是第二种，对不？可是咱们怎么连架都没大吵一场就分手了？

你怎么这么厌？

厌到只敢用第一种方式和我分手。

我跟你讲，在你之前我也谈过恋爱。这些话有啥不能说的！

他们不一定有你帅，不一定有你对我好，但是他们比你聪明，明白该如何让我一直记得他们。

在曾经的一次分手经历里，那个男孩在我的宿舍楼下摆上蜡烛、捧着花，他舍友在一旁弹着吉他、唱着歌。当周围所有看热闹的人都喊着"在一起"的时候，他忽然拿起大喇叭对我说："从今天起，咱们分手吧！"

他真的太有性格了。这场声势浩大的分手，我能够记一辈子，也气一辈子。

我永远都不会忘了他、忘了这份耻辱，但是你呢？

很多时候，我们要的不是分手的仪式感，而是对自己的一个交代。所以，我们为什么不能好好说分手？

五、当初说好的一辈子，怎么这么快就结束了？

当初我们一起看《霸王别姬》，程蝶衣声嘶力竭地说："说的是一辈子，差一年，一个月，一天，一个时辰，都不算一辈子！"

你也曾认真地看着我的眼睛告诉我，你是真的会爱我一辈子。

也许当初你说这话的时候，真的是认真的。但是这与你共度的一生未免也太短了。那时候咱们一起幻想的以后种种，也都还没有实现呢。

这一辈子，是不是就不算数了？

六、以前你给我调的火锅蘸料是怎么调的来着？

我不会在什么宏大的场景里想起你，毕竟我现在日子过得有声有色。

只是每一次吃火锅的时候，我还是会不经意地想起你，毕竟你调的蘸料真的太好吃了。以前吃火锅，每次都是你给我调蘸料，你不想让我来回折腾，所以每次都调好了给我。

这导致你走了之后我都分外怀念你调的蘸料。每次看见芝麻酱、腐乳的时候,都会下意识地想哭。我现在几乎不敢再去吃火锅了。

七、关于我们,你遗憾吗?或者说,遗憾过吗?

在她的微博看到你们的合影,我感觉终于放下了什么。说真的,就是放心了。

看这个姑娘平时发的内容,为人应该挺好的。

但是放心之余,我还是挺遗憾的。放心的是,你依然很幸福;遗憾的是,你的幸福和我没一点儿关系。

很多时候,我们真的只能走到这里了。多一步,彼此难堪;少一步,残缺不全。这和面子没关系,就是有太多的无可奈何。

那些让我们妥协和放弃的事情,往往都是没有理由的。

人最终是无法活在梦里的,而你曾经是我的梦想,你知道吗?

八、关于异地恋,你还有记忆吗?

当初说要为我们的未来一起打拼,即使我们不在同一个城市,但我们的心在一起就够了。可是别说你的人了,后来我连你的心去哪儿了都不知道。很多人都说,等熬过异地恋,就能走完这一生了。

果真，咱们没能熬过异地恋，也没能走完这一生，差得太多了。我和你讲啊，异地恋真的太辛苦了，辛苦到我都不想重来一次。和你的这次应该是人生中最后一次异地恋了吧！

你也是真没给我面子，一句话不说，就把我给甩了。咱们的异地恋也就此结束了。

说实话，到现在我已经不遗憾了，只是还是不能完全释怀。为什么我们熬过了时间，却没有熬过距离呢？

大概我们谁都没有向着对方的城市努力前行一步，于是你的未来里就再也没有我了。

九、你爱过我吗？

每秒都会有人在追问这个问题，有那么多首歌唱过，在无数部电视剧、电影和小说里它也都出现过。

但是得到回答的很少。

你爱过我吗？至少让我知道，我没有辜负自己的喜欢。即使你真的没有爱过我，也没事儿的，就当是和你演了一场情景剧。真的，我无所谓的。都说这是天底下最俗套的问题，可我就是一定要知道这个答案。

你到底有没有爱过我？

很爱很爱的那种才作数。

十、算了，留一个问题让你问我。

这应该是我的第十个问题，可是我已经不知道该问什么了。我也没有把过往再细细回想一遍的勇气，也不是非要在我们之间分个对错。

只是我需要一个能够说服自己停止想你的理由，以此让我踏踏实实地知道，咱俩彻底没戏了。真的，我可以的，不过你得直接告诉我。

你得让我知道，我们真的到此为止了。有人说，好的前任就像是死了一样。

但是我知道，有的前任分开了也可以再做朋友，有的前任仍然令一些人念念不忘。

分手的时候我们也许歇斯底里，也许风轻云淡，但是我们心里都有几个问题是无解的。

只是已经分手了，就没有再问的机会了。

你会不会也有想要问我的问题？

如果有，我等着你站在我面前来问我。

最后说一句："你调的火锅蘸料挺好吃的，我想吃火锅了。"

多关心陪你一起吃饭的身边人

不知道大家是不是还记得某App上大火的小甜甜。

故事的开端是一个街头采访,问题是:"你觉得男人一个月赚多少钱能够养活你?"

一个漂亮女生看着镜头想了想,羞赧地笑着说:"能够带我吃饭就好。"

短短几天,这个女生成为坐拥百万粉丝的女神,大家都被这个女生的话语感动了。

多不功利!多纯洁!多懂事儿!

没有对比就没有伤害,自己家的女朋友,每到过节就嚷嚷着要买这买那,口红买了一支又一支,包包居然是一季一个。每次去逛街都心肝儿疼,好不容易赚点儿工资,一交到她手上那就等于半个月白干了。电商打折季就是噩梦,还说什么不清空购物车就是不爱她。日常花销也大,三天两头就跑去看电影,动不动就出去吃饭,还每次都去又贵又不好吃的网红店打卡。

简直就是个行走的烧钱机器。

可是视频里面的这个女生居然说能带她吃饭就可以了？这可是我们家女朋友学习的榜样！

还有男生心急火燎地跑去写请假条，飞奔到成都去看女神。这样纯朴的女生不仅少见，还这么好看，能偶遇就是福气了。

我在这儿不评价这件事，只想让大家坐下来细细思考一番：各位，你们身边是真的没有这样的女生吗？

那个笑着说"能够带我吃饭就好"的女生，戳中你心窝窝了吗？

不巧，我就认识这么个稀有生物。

和男朋友在一起之后，她在最短的时间内迅速获得了一个技能：省吃俭用。

点外卖好像太费钱了，她学会了做一桌子的好菜。知道菜市场早上的菜便宜又新鲜，虽然能够省的钱就是一点点儿而已，但这就已经可以让从来不喜欢早起的她，从来都不喜欢菜市场味道的她，从来都不讨价还价的她，克服了以往的"从来"。

住在租的房子里面，她比其他房客都更会讨好房东：煮了好吃的东西会给房东送一份；平时有空就给房东的孩子补课；公司发了什么小礼品，她就给房东带过去……她嘴巴甜得跟抹了蜜似的。

大商场她已经很久没有去过了，专属的发型师也已经很久没有找了，衣服觉得够穿就可以了，闺密聚会也不去很贵的地方，甚至化妆品的开支，她也咬咬牙省略掉了，毕竟男朋友说过清新脱俗最好看。

她没有觉得受委屈，没有觉得被刁难，甚至是欣喜地接受着自己的成长。

看着钱一点点儿地被省下来，她真的很开心，比接了一个项目还有成就感。她满心想的都是：终于可以用这些省下来的钱跟亲爱的一起去旅行了。

贤惠吗？动容吗？想娶回家吗？

好奇为什么我会认识这样的人，是吧？

我当然认识这么个稀有生物。我身边的女孩儿们在初恋的时候，都是这样。

你问我那些在爱情里面特别纯朴善良、不花钱的女孩儿们的结局怎么样？

无一善终。

她们之中的很多，就是现在的你们口中那个"我赚钱的时候，她都不知道帮了我什么的黄脸婆"。

她和你在一起的时候，你一穷二白。

那时候的感情是简单的、美好的、青涩的，那是真正的"有情饮水饱"。

你也知道的，很多人都在劝她离开你。无论你是不是潜力股，她身边的人都不想她跟着你受苦。

可她没有离开。

她不仅没有埋怨你暂时的没出息,也没有想过要离开你,跟其他人在一起。

她默默地鼓励你、支持你,在每个你谈生意喝得烂醉如泥的夜里照顾、安抚你。

她帮你照看你的家庭、你的父母,守住你的大后方,让你能够无忧无虑、无所顾忌地向前。

你现在为了一个视频里的女孩儿说的话兴奋、激动?

现在和你在一起的那个女生,和你一起熬的那个女生,难道就和你提过,要你身家百万、手里有房?

她没有。就算是告别爸爸妈妈给自己的富足生活,就算是你的生意还没有起色,她都愿意和你一起熬。

就算每天吃着煎饼果子,喝着豆浆,她都开开心心的。因为她打从心眼里觉得,能够陪着你一起打拼,是一件很幸福、很美好的事情。

当然,她只是没有想到,默默地做好这一切,会换来你这样的一席话:"我赚的这些,都是我个人努力得到的。这一砖一瓦,都是我凭借自己的双手得来的,你有工作,为什么还要我来养着你?"

男人终于打拼出了属于自己的天地,也放弃了很多放在另一半身上的时间。

每天就是各种酒会、各种推不掉的工作，有时候他连约会都会忘记，只匆匆留下一段话："亲爱的，今天真的很多事情，不是故意让你等的。你去逛街随便买吧，我付钱。"

真的收到账单了，他却抱怨："哎呀，你怎么买了这么多的东西啊！这些你不是都有了吗？我赚钱是真的很辛苦。"

帮你贤惠地安排好所有，不让你担心。你忙，不能陪她，就拿钱让她消费，这也可以理解。只是之后你还要抱怨怎么花了这么多？

这位先生，你究竟是在娶老婆、哄女朋友，还是找保姆？没有安全感的感情，轻易就陷入了恶性循环。

钱这东西，把过往的所有都带偏了。钱也似乎成了检验男女关系的标准。

带女朋友去吃饭，小餐馆里的小流氓欺负女朋友了，你会怎么办？

十八岁的你可能会直接一拳挥过去，为捍卫女朋友而打起来，但我希望二十八岁的你不要再这样冲动了。

你需要做的是，把女朋友带到没有流氓的，可以让她舒舒服服享受的餐厅里。

和女朋友去旅行，租的车在马路上熄火了，你能怎么办？

十八岁的你或许可以和她一起浪漫地等在路边。但我希望二十八岁的你可以租好点儿的车，住好点儿的酒店，让这样的事情根本没有发生的可能。

明明用钱就可以把她护在手心，使她免受惊扰，为什么不去做呢？只满足于一句"能够带我吃饭就好"的男生，你们有没有想过：和女孩子谈恋爱的时候，或许可以这样简单地生活，但是结婚以后呢？生了孩子呢？生病了怎么办？一辈子租房吗？

若干年后的你们，真的还可以这样一穷二白地生活，相濡以沫，笑对生活的磨难吗？

这个世界上的爱啊，有时候还真没有办法和钱完全脱离关系。

什么时候才可以忽略钱对情的影响？很简单，当你足够有钱的时候。

"有情饮水饱"并不能帮你解决爱情能否走得远的问题。不好意思，没有基本的物质保障的爱情，真的是一盘散沙，风一吹就散了。

看完视频之后我在想，如果这个问题让男生来回答，他们的想法是什么呢？

"你觉得你自己一个月赚多少钱能够养活一个女生？"

男生们，你们脑子里面会有"能带她去吃饭就好"

的想法吗？明明能让她锦衣玉食，却只让她跟着你吃粗茶淡饭？

钱不能代表一切，不能衡量一切，但钱能够说明很多问题。

你是否以为你积累的点滴是你们两个一起打拼的，能不能对身边的她保有感恩的心？

虽然种种事件告诉我们，很多男孩并不能看出那个陪伴自己的女孩为自己付出了多少。而女孩呢，被辜负得多了，也渐渐地学会了保护自己。

不是贪图另一半兜里的钱。毕竟当今社会，谁都有能力照顾自己，但是你愿意为她花钱，愿意掏钱说："我就是愿意花大价钱宠着我家宝贝。"光是这样的一个行动，就已经能够让她甜很久了。

别再觊觎那个带她吃饭就可以满足的女生了。多赚钱，多关心每天陪你吃饭的身边人吧！

毕竟只有她陪着你打江山，当然也只有她配和你一起享受天下。

相爱就是要互相珍惜、表达爱意

昨天逛街的时候，我闺密突然看到了一个背影，继而浑身颤抖，手中的星巴克也"啪"地掉到了地上，蹲下来抱头大哭。我吓坏了，问她："你怎么了？"

她说："前面穿牛仔衣的那个男生，背影特别像他！"

大概是太久没有体会过喜欢一个人的感受了，久得我已经忘了特别喜欢一个人到底是种什么感觉，直到昨天看到我闺密的举止，忽然想到了，当年我也有这么傻的时候。

那个时候我还很小，和他应该算是人们常说的"青梅竹马"。

小时候一起长大，后来他搬家了。本想着以后应该不会再见面了，没想到几年之后在学校里又看见了他。他长得比之前好看多了，所以我几乎是一瞬间就喜欢上了他。

先动心的人总要主动一点儿，后来在学校里的每一次相遇都是我精心设计的。

我见过很多大场合，但在他面前总是紧张得说不出话来。

慢慢的，次数多了，这种紧张感也缓解了很多，甚至还能和他打闹起来，聊上几句。我们开始无话不谈，像是情侣的那种。

那个时候，他对我确实也不差，和男朋友一样，经常来学校看我，给我买好吃的。天气凉的时候会把外套脱给我，关心我，说着嘘寒问暖的话。睡前偷偷地拿爸妈的手机给我发"晚安"，告诉我以后有他照顾我。

好多次我都想问他是不是喜欢我。

在他送我情侣手链的时候，我想过；在他看到我受欺负，为我出头的时候，我想过；在他冒雨给我送复习资料的时候，我想过；在他冒着被退学、记大过的危险，偷偷给我惊喜，飞过来为我的比赛加油的时候，我也想过。

后来我想，这话压根儿多余吧，他肯这样对我，当然就是喜欢我啦，很喜欢、很喜欢的那种啊！

然而就在我认为他也同样喜欢我，只是他为人腼腆害羞，不好意思讲的时候，他觍着脸笑嘻嘻地对我说："能不能帮我追一个女孩子？我超级喜欢她！"

我想对他说："你没毛病吧？"

然而话到嘴边却变成了:"天哪,你认真的啊?"

他特郑重地点点头说:"对啊!咱俩可是好兄弟,你要是不帮我,可就太说不过去了。"

我看着他那张脸,真想给他一个嘴巴,然而即使这样,我还是不想失去他。

我努力而笨拙地去讨另一个女生的欢心,然后说着他的好。但是那个女生不喜欢他,虽然不喜欢他,却常常会利用他。就跟他不喜欢我,还要利用我一模一样。

后来他有了女朋友,出于女生的直觉,我认为那个女生是个"绿茶",让他小心点儿。我真的是满腔的赤诚,可是我忘了,喜欢一个人的时候是看不到那个人的缺点的,所以他看到的只是一个丑陋的、善妒的我。

后来天遂人愿,没过多久他们就分手了,那个女生和他的好兄弟在一起了。

于是,他又一如既往地选择第一时间找到我,就好像什么事情都没有发生过一样。我也没皮没脸,和什么事都没发生过一样,继续接纳他。

我们的状态怎么讲呢,差不多就是每次他难过的时候都会想到找我;我难过的时候,永远找不到他。

那时候我身边的人都看不下去了,问我:"你图什么啊?"是啊,我图什么呢?大概喜欢一个人就只想让他好:他好时,我便好;他不好时,我也不好;无论我好与不好，我只要他好。

已经记不得是什么时候彻底放下他的了。也许是失望得太久，看过了他太多暧昧不清的女朋友后，麻木了。或者是他生日那天，本想喝酒壮胆，向他表白，他却抢先向我借钱给女朋友买礼物。又或者是时间真的可以抹平一切，我终于把他给忘了。

但我永远不会忘记的是，我曾因为他去看我看不懂的足球，去听我听不懂的英文歌，去穿我讨厌的深色衣服，去学发音拗口的日语。

说真的，那时候我没什么梦想，我的梦想就是替他完成所有他没有完成的梦想。

当然，我也不会忘记，在我学习看足球的期间，他是如何开开心心地为别的女生练羽毛球的；我也不会忘记，在我努力听各种古典音乐的时候，他搂着其他女生一起合唱烂大街的口水歌；我也不会忘记，他对我夸赞别人的水粉色是多么可爱，嘲讽我身上的灰黑色是多么老土。

我怎么能记得这么清楚！

现在写着写着我都好想笑，当时我怎么就那么喜欢他！喜欢得好像眼睛都瞎掉了一样。有首歌，我单曲循环了半个月，是毛不易的。他在歌里轻轻唱道："像我这样懦弱的人，凡事都要留几分，怎么曾经也会为了谁,想过奋不顾身……"

我觉得这句歌词说的就是我,尤其是后一句。

从那以后,我就再也没有认真踏实地喜欢过任何一个人了。因为感情这东西,实在是太可怕了,谁先认真,谁就输了。

为了赢,我把自己变得很酷,你不找我,我不找你。我在感情里也变得自私又懦弱了,变得斤斤计较。我计较的不是利益,而是我付出的感情,每次付出之前,都要在心里暗自掂量一番。

并非我小气,我只是怕再一次错付了真心,重蹈覆辙,只是怕自己爱得太深而给对方过重的压力。所以,哪怕渴望被爱,我却再也没有勇气主动去爱人了。

因此我不断地遇见,也不断地错过。

前一段时间我认识了一个做销售的男生,他帅气干净,温柔体贴,对我很好。我俩一起去西安喝摔碗酒,一起去海边看日出。他会记住我的喜好,记住我的厌恶,记住所有我无心说出的向往。真的,他符合我心中所有关于未来男朋友的样子。

直到他问我:"你喜不喜欢听古典音乐?"

听完这句话,我真的是心头一惊。我问他:"那你喜欢看足球吗?"他兴高采烈地回答:"我当然喜欢了,我最喜欢的球星是梅西啊!"

那天晚上，一回到酒店我就把他拉黑了。他给我发了好多条短信问我怎么了，是喜欢梅西出了问题，还是今天他的发型出了问题。不过这些我都没回复，可能他这辈子都不会明白我到底是怎么了。

但是我明白，梅西没有问题，发型也没有问题，有问题的是我。我现在听到足球、古典音乐这类词就恶心得浑身发麻。

你说年少时的那个他对我的影响到底大不大！

现在越来越多的人患上了"单身癌"，单身越久，越不想恋爱。只是每一个单身的人，谁不是曾经掏心掏肺地爱过一个人，恨不得把所有好的都给对方，爱对方胜过爱自己呢？

受过太多次伤害，我们开始变得麻木、坚硬，用冷漠把自己包裹起来，嘴上说着："单身多好啊！恋爱有什么用？还是存款最让人有安全感。"

然而谁真想过有钱没爱的枯燥生活呢？

之前在网上看到一段话："最惨的，并不是莫名其妙地被人领上了一条迷路，而是当你背上孤独，拿上剑，决定马不停蹄，一意孤行的时候，突然冒出一个人，把你抱紧，说：'少年，我想和你分享这漫长的一生。'你一激动，把剑给扔了，把马放了，一回头，人没了。"

现在的我才明白，遇见一个能让自己什么都不考虑，能不计较得失和后果，只单纯去爱的人，太难了。

能遇见这种纯粹的、干净的、令人心动的爱，概率太小了。

这个世界变化得太快，我怕今天我们还腻在一起，明天你就去找别的女生了；我怕我刚刚相信和你会有美好的明天，正盘算着以后咱们儿子叫什么名字的时候，你把我甩了。

真的，我怕的东西太多了。

这不是我玻璃心，更无关阴谋论，而是我用青春一步步过来后得到的教训，你说我怕不怕？

在这个千变万化的世界里、人来人往的快节奏生活中，我想，比真心更难能可贵的，大概就是放手去爱的能力、不怕失去的心态，以及破釜沉舟的勇气吧！

如果现在你有爱的人，并且那个人也爱着你，那请你一定要好好地珍惜她。

她也许已经攒够了失望，被伤了又伤，但在遇见你之后，还是愿意为你赌一把。

爱没爱对人,过个情人节就知道

每年的情人节似乎都大同小异。

男生给女生送礼,女生仔细地给礼物拍照,然后仔细修图,再挑个合适的时间发到微信朋友圈。

其实发微信朋友圈这个举动不是为了炫耀,也不是为了满足什么虚荣心、占有欲,不过是礼尚往来罢了。这就跟别人去你家串门送东西,临走之前你说句谢谢是一个道理。

有时候发微信朋友圈不是给外人看的,是给爱人看的,是想告诉他:谢谢你,感谢有你,你送的礼物都在我的心里,我也真的愿意在所有人面前承认你。

有人贪钱吗?有,但这样的人真的很少。

我身边这么多姑娘,我是没见过几个差男朋友送的那点儿东西的,但是,我也没见过有哪个姑娘不期待收到礼物的。

女人的快乐其实很简单,拥有特殊的照顾和呵护就好。想想有时候真的是挺傻的。

早上一个粉丝给我留言说:"每次过生日和情人节,对我来说都是一场煎熬。虽然有个男朋友,但在生日、情人节这一天,自己和'单身狗'没什么区别。'单身狗'起码还有自由,还可以和异性闲聊、吃饭,而我就像是被拴起来的'单身狗',啥啥都没有,他管得还特别多。他今天只给我说了句'情人节快乐'。看到别人家的男友给女友送这送那的,我的心情真是跌落到了谷底,好几次都想哭。真不是看重礼物,我又不是没钱,我看重的主要还是心意。我真不知道该用什么来衡量一个男生对我的真心,可是不能连最起码的情人节里都没有鲜花或者小礼物吧。"

姑娘最后一句话是:"白哥,你说我是不是很虚荣?"

我一时无语。我也不知道怎么样才算虚荣,但是个人感觉,恋爱谈成这样着实没劲。毕竟爱情中比礼物更可贵的是细水长流的点滴真心,我也不会恶意揣测谁,毕竟这个时代,没人差那三五百元钱。其实比小气、没钱更可怕的是,他对你压根儿没有这份心。

我想,如果很多女生为了这个而生气,那一定不是一次节日里没有准备礼物,而是经历了多个节日、纪念日而累积下来的失望。对,就是失望。

我朋友二胡和男朋友在一起八年,收到的礼物屈指可数。

以前上学时没有钱,加上他们俩分别在不同的寄宿学校,两个星期才见一次面,这就相当于小异地了。

看到身边的女同学今天收到一盒巧克力,明天收到一封小情书,二胡心里的落差肯定是有的。于是她硬性要求,每个月两人要互送对方一个礼物。

每次她都是提前半个月就精心准备好礼物,然后见面时看她男朋友手忙脚乱地冲进最近的一个超市里随手买一个小东西。

这种心意的不对称,才是爱情里的大忌。

那是一种自己一片真心却被戏耍了的恼怒,和物品的实际价值没关系。哪怕你用一周、半个月画了幅铅笔画给我,我都觉得幸福和开心,可是这么随手一买、随便一递,到底是什么用意?

每次二胡和她男朋友说这些的时候,她男朋友总是搪塞她说:"礼物无所谓,心意是第一。"但是这算是什么心意?

可能他还没有意识到,也还不懂,越平淡、越长久的感情,越需要一些"假模假式"的东西来调剂。

越是在一些特殊的日子里,越需要让对方知道你的在乎和用心,尤其是长久的付出和给予都没有得到回馈之时。爱是一点点地累积的,失望和死心也是。

别总埋怨对方虚伪、拜金，更别喝高了、喝美了，举着酒杯和一群狐朋狗友吹牛，肆意评论你的老婆，说她是因为过节你不送礼而生气、吵架。

好好看看自己，好好想想，想想看她对你心存不满是不是仅仅因为礼物？

兄弟，清醒点儿，没人差你那点儿东西，人家不满意的，只是你漠不关心的态度。

如果没有收到礼物，不要盲目对对方失望，要分清楚对方是没有概念，还是认为你根本不值得他为你费心，又或者根本就是你抠。

说实话，我的感觉是，他们普遍都不太看重情人节，在情人节送礼物也就是想讨女朋友欢心而已。

所以根据这个情况，咱们倒推，是不是可以这么理解——他对你们的感情很有信心，不需要用繁文缛节来证明，或者说他压根儿没有那么喜欢你，所以也不想讨你的欢心。

只要你不骗自己，就没人能骗你。为什么不送礼物，彼此心里都清楚；爱不爱你，你心里也清楚。

想要你的礼物，只是因为我喜欢你，只是想确定一下，你心里是否同样有我。这根本不是钱不钱的问题。

钱我自己可以赚，只是缺你的真心。

第四章

和你在一起，才是全世界

> 怎样才能彻底毁掉一个人？给他全部，再一次性收回来。

不要因为假的东西把爱人弄丢

前些天有个读者在微信公众号后台给我发私信。

她说自从下载了短视频软件之后，就觉得男朋友是个榆木脑袋。没有对比就没有伤害，每次看到这些视频里面体贴入微的别人家的男朋友，她就觉得自己的男朋友是个木偶人，甚至产生了要和男朋友分手的冲动。

"你看，5月20日不会转账也不懂送花，纪念日不会布置房间也不懂得制造惊喜，撩人的话压根儿就没说过，甜蜜的事儿基本也没做过。我也是女生啊，也想要视频里的浪漫啊，可这些我男朋友根本就给不了我。

"人家是颜好，钱多，还暖心，我男朋友是人丑，又穷，事还多。都说人和人之间不能作比较，但是这实在是差得太多了吧！每次我看完视频，看完别人是怎么谈恋爱的，再想想自己，就特别、特别想分手。"

可是我想对她说："你看到的并不一定是真实的生活。"实际上，如今的短视频软件记录的往往不是生活中美好的瞬间了，而是一群戏精的尴尬表演。

等地铁的时候,我无聊地刷着短视频,一不小心就刷到了朋友小希的视频。

啧啧啧,不到一个小时又骗了这么多的点赞!

在视频里,她正和男朋友在厨房里嬉笑打闹。她逆着光斜靠在餐桌上,她男朋友系着围裙洗菜、做饭。男生笨手笨脚的样子憨厚可爱,女孩子逆光的侧脸泛着灵动的光,一切都美好得恰到好处。她坐在料理台上开心地指挥着,笑嘻嘻地骂着自己的男朋友怎么永远学不会做饭,连煎蛋都做不好。她每说一句,男朋友就在旁边默契地回一句,情话和爱意流转在空气里。

最后在她的帮助下,两个人终于完成了晚餐的制作。她捧着好看的食物,和男朋友一起用拍立得照了一张甜蜜的合影。

不瞒大家说,这个视频还是我拍的。

当时她的御用摄像师生病请假了,她发微信消息拜托我去帮她拍摄。

为了制造甜蜜的气氛,我在她俩的厨房里举着手机看了一下午的彩排。

小希一边拍一边看着回放,皱着眉头说这个角度不行,那个要补一补光。闹腾了一个下午,终于等来了她心目中最适合拍照的夕阳时分,她的男朋友从兴高采烈的样子变得最后累瘫在沙发上大喊"救命",说不拍了。

历经千辛万苦，终于按下"发送"。凭借着这个甜蜜的视频，那天她又收获了一大批流量。

对啊，短视频是很甜，但是你学不来，短视频的甜都是一次次"安排"出来的。

很多时候你看到的美好画面，藏着很多的事先演练。

不是"黑"这个软件啊，朋友们，我也只是实话实说。最开始这个软件也只是希望给大家一个平台来分享酷炫、可爱的东西，短小的视频里面涵盖了超丰富的内容。

融合各种好玩儿的特效和有趣的素材，它让我们看到了一大波有趣的灵魂，看到了许多隐藏在视频后的有趣头脑，当然也掀起了很多跟风热潮。

其中肯定不乏想要借助这个平台巩固自己人气的各个主播、"网红"。他们绞尽脑汁地思考怎么样才能当风头最盛的"短视频达人"，怎么样才能靠自己的视频再火一把。

所有的微信推文、微博热搜，还有各种爆款小视频，套路也都差不多。

所以，你看到的那么多看似不经意的，只是在宿舍一拍、街上一按的生活小故事，其实很有可能是人家花半天时间构思，再花半天时间拍出来的作品。当然我也承认他们很有才华，肯定要有好玩儿的构思，才能够吸引到观众和属于自己的流量，不然又为什么有这么多的粉丝们，开始憧憬和视频里面的他们谈恋爱呢？

隔着屏幕给喜欢的他点赞，把他唱的歌录下来循环播放，看着他群发给所有粉丝的晚安信息窃笑，为他的更新设置最特别的铃声，把追星的战场转移到这个软件里。

你可能会感叹："为什么别人家的男朋友全都那么好？"

你总是会被形形色色的浪漫手段吸引，毕竟系统就像是会读心术一样，每天都会向你推荐那些很合你口味的主播。

面对这些有趣的灵魂、精致的面孔，你一晃神就又是一个上午。看到一起弹吉他唱歌的小情侣，你会说怎么人家谈恋爱谈得这么清新脱俗；看到轻松"接梗"的男朋友，你会说怎么人家的另一半就这么机灵；看到土味情话大合集，你说人家怎么能随口一个段子，天天都这么乐呵；看到求婚告白的片段，你会说人家也是只长着一个脑袋，却怎么这么会花心思制造惊喜。你滑动着手机屏幕，一边感叹着怎么你就不能是视频里被人羡慕的女主角，一边吃着他递过来的洗干净的樱桃。

朋友，他对你的好，视频里都看不到。

一对情侣、一对夫妻是否爱彼此，都体现在细节里。

而这些点滴，除非有摄像机二十四小时跟拍，不然我们根本看不见。

你的丈夫也许不像视频里的男生那样，会说各式各样好听的话，让你脸红心跳，但是每个夜里，你咳嗽的时候，他总能温柔地帮你掖好被角。

你的男友或许不是视频里那个为妻子变着花样做法式大餐的星级主厨，但是他会为了你每天早起，穿过大街小巷，走上十五分钟去买一杯你爱喝的豆浆。

你的另一半，也许听不懂你说的任何一个"梗"，但是他最明白该如何实打实地对你好。

那些真心流露的瞬间往往是稍纵即逝的，而那些稍纵即逝往往是来不及准备摄像机的。

你想知道那些美好的视频都是怎么拍出来的吗？那我来告诉你真相。

拍视频的那天，我在小希的厨房里面折腾了一下午。这视频里的每一个画面，我们都重拍了不下四遍，所有的细节，包括眼神，我们都演练了一遍又一遍。

我们用了二十多个鸡蛋，只为做出最完美的心形；我们尝试了各种拍摄角度，只为拍出来的人更精致小巧；我们选了七八首背景音乐，一起研究到底怎样才最煽情。

最后,小希的男朋友扑通一下瘫在沙发上,一边摆手,一边说:"不录了,不录了,烦死了。"而后拿起了抱枕要睡觉。小希气鼓鼓地丢掉抱枕,狠狠地威胁他说:"不录就分手。"

…………

是不是很惊讶,这就是我们拍的完美爱情背后的真相。

走出小希家的时候,看着留言区满屏的"羡慕",忽然想起很久以前看过的一句话:摄像机永远也拍不到最美的画面,因为在你惊讶地按下快门的那一瞬间,最好的风景已经走远。

所以想要和男朋友分手的那个女孩儿,我想告诉你:虽然那个拿着一千朵玫瑰跪下求婚的人不是他;那个一边蹦迪一边告白的人不是他;那个用手托着你的下巴拍视频的人不是他;但是那个愿意陪你看恐怖片的人是他;那个放弃打游戏,陪你去逛街的人是他;那个记住你所有爱好,满脑子都是你的人也是他。

傻姑娘,视频里面,很多东西都是假的,可是现实里面,他是真的。

千万不要因为那些假的东西,把真的、最宝贵的东西给弄丢了。

大叔变"奶狗",才是天下第一甜

最近,关于"小奶狗和大叔控"的争论突然就热了起来。

越来越多的人不喜欢大叔,开始一窝蜂地追求"小奶狗"了。那今天,我就要为这些大叔正名。

谁说大叔都是臭理论一套一套的,谁说大叔不能"奶"?

只要你遇对了人,冷漠大叔也能"奶"得不行!大叔变"小奶狗"才真的是天下第一甜!

今天我就给大家讲讲我的"奶狗"大叔。

因为大叔是一个警察叔叔,我就重新给他起了个名字,叫"小警犬"。

恋爱前,"小警犬"是个很严肃的老爷们,高高壮壮的。他当过兵,很成熟,也有些沧桑,一看见他,我就想喊"叔叔好",虽然我们就差一岁。

他的声音很有磁性,而且听起来感觉很神秘,所以我就常让他给我讲鬼故事,听着就像听电台似的。

我喜欢穿篮球鞋的酷酷的男孩子，但是他偏偏是爱穿黑色高领毛衫、休闲裤的老男人款。他喜欢成熟的大女人，可我偏偏是个蠢萌的小女孩儿。

但是高领毛衫大叔和蠢萌小女孩，就是很好地在一起了。

一、宠妻狂魔

"老婆我来！老婆你吃！老婆你想吃什么我去买！老婆你乖乖别动，等我去找你。"

以前我总想着女人当自强，男人什么的，我不需要。我自己坚强独立，不需要抱抱。

可是有了"小警犬"以后，我不争气地觉得，当个小废物真好。车上有奶，兜里有糖，后座有娃娃，他每次都能从不知道哪里变出好吃的、好玩儿的。

举个例子吧，我俩出去吃饭，如果要了一份辣炒蚬子，我的手肯定不用碰筷子和蚬子壳，张嘴等着他喂就行了。是挺腻歪的，可是我还是想臭不要脸地说："饭来张口真爽啊！"

他会给我擦鼻涕、擦嘴上的油（当然这两项不会同时进行）。其实再要强的女人也是小朋友，谁不希望有人能宠着自己呢？

明人不说暗话，我喜欢被宠，喜欢你。

二、说话语气巨变

今天他对我说:"老婆,我朋友们都说我说话变娘了,动不动就'好啦''干吗呢'。"

他说和我在一起久了,变化太大了。

以前他是一个严肃的大叔,和别人说话都是"嗯""好的",但和我在一起之后,他都是说"好哒""嗯嗯"。

吃饭是"吃饭饭",睡觉是"睡觉觉",开车是"开车车呢",经常"嘻嘻""嘿嘿""喵喵""汪汪""嗷嗷",和我说话还有儿化音,完全就是哄幼儿园小朋友的声音和语气。

但是大家放心,他依旧是个铁骨铮铮的汉子。

三、我让他年轻,他教我道理

他说和我在一起后,觉得自己年轻了好多,每天也多了很多开心的事情。

虽然我有时候会闹小孩子脾气,非要怎样怎样,但他都能尽量地包容我。

他会在陪我去做我想做的事情以后,再和我说其实怎样可以更好地解决问题,我也很乐意接受他的建议。因为他每次说得都很有道理。

这种状态我很喜欢,他因为我变年轻了,而我也从他身上懂得了很多处事的道理。

我爱玩，爱闹，爱心泛滥，而他总会像长辈一样告诉我，或许我可以这样做，或许我可以换个方向想问题。

有他在，我心里就很安定，向前走的脚步也更加坚定。

四、更懂得拒绝和珍惜

相信我，成熟的男人会更懂得责任，但前提是他真的爱你。

他长得高高帅帅，有大叔范儿，总有小姑娘喜欢他，上来就问"帅哥，有女朋友吗？"他说"有啊"，小姑娘就说"有也没事儿"，这时他就会说"我有事儿，我想老婆了"。

我基本不用担心他会禁不起诱惑，因为他足够成熟，他知道什么是责任，也知道什么样的人才配当老婆。

他曾经说过两句话：一句是，"你再也不会遇到第二个我了"；第二句是，"我再也不会遇到你这么优秀的老婆了，所以我一定会好好珍惜你"。

其实我是不那么愿意相信别人的好的，我对人一直存着戒备心。我怕别人会骗我，会三分钟热情，但是

"小警犬"让我重新相信爱情了。

其实很多时候我不懂事,让他受了很多委屈,但他从没让我生过气。

他逗我,我假装生气地说:"离婚!离婚!"他就会真的很难过。有一次拌嘴,我故作严肃地问他:"下班以后,你还爱我吗?"他说:"我对你那么好,你还总问我爱不爱你。我就是不能哭,我可难受了。"

我送了他一个巴掌大的小睡梦娃娃,他下车时不小心把娃娃弄丢了,回家才发现小娃娃没有了。大冬天里,他穿着睡衣出去找了很久才回家。

其实不论是"小奶狗",还是大叔,只要你找到的那个人是爱你的,就是最完美的事情。

或许你在心里曾经无数次想象你的另一半的形象,但如果有一天,你喜欢上了一个人,他和你设想的不同,或者完全相反的话,那他基本就是你的真爱了。

如果你因为一个人而作出改变,愿意约束自己,那么只能说明你真的是足够爱他。

告诉你们一个秘密,看见这篇文章的人,都会遇见让自己相信爱情的人。

遇见了的话,记得告诉我,我看看我的"法力"有没有退步。

爱无处不在，要满怀期待

我发过一篇关于结婚的文章，当时微信公众号后台就有粉丝留言说要分享她和男朋友认识的过程。最近她说他们把证给领了。所以这篇文章是关于这位粉丝和她老公的故事。

我想过很多种恋爱的可能，但万万没想到，我竟然是因为短视频，在茫茫人海中遇见了我的"小奶狗"。
接下来，我就为大家讲讲我和他的"甜蜜暴击"。

一、不打不相识

记得我们第一次对话，源自我在他发的唱歌视频里的评论："网恋选我我超甜，全网无前任，有也不承认。"

当时只是想开个玩笑，没想到他真的回我了。他那个视频是在软件的自动推荐栏里看到的，人长得还挺帅。之前，我压根儿没想过会和这只"小奶狗"有什么交集。但是他回我了，虽然他傻呵呵的："你好，我是小猪佩奇,这是我的妈妈,老母猪,哼哼。"紧接着,他还去我的短视频主页点赞了我的每一部作品。

当时我就后悔了,因为我的视频全是"嗯、想你、想你、想我"这样的画风。他就在每个视频下面评论:"老母猪,哼哼。"

通过对他的视频进行深度分析,我发现,我们竟然住在同一座城市!小子,你等着老母猪打爆你的头吧。于是我私信他:"敢不敢打一架,小猪佩奇!"他回复说:"周六中午××游乐场北门,社会人等你。"

于是我们进行了第一次约会。

约会前我们已经加了微信好友聊了很久,我发现我们竟然是一个学校的,而且可能在同一节选修课上见过面。不瞒你说,当时我只有一个想法:这么有缘,不在一起是不是对不起老天爷的安排?

见面以后我变怂了,他的"奶狗"属性也收敛了,变成了"小狼狗"。不知道你们相不相信一见钟情,反正我相信。我觉得,我的气质打动了他,他的性格也打动了我。他拉起我的手说:"老母猪,咱俩在一起吧。"我说:"那行,你是社会人,我惹不起。"

二、玩短视频的"奶狗"好甜

我俩在一起的第一百天纪念日和我的生日很接近,

于是我手机里收到了他发来的一条消息:"老母猪女士您好,小猪佩奇诚挚邀请您参加老母猪的恋爱一百天纪念日。地址:××游乐场北门。"

那天我去了以后,感动得哭了一路。他和一堆气球站在一起,每个气球下面都绑了礼物。

他一个一个地讲给我听——

"这是你的一岁礼物,佩奇给你买了奶粉。"

"这是你的两岁礼物,佩奇给你买了认字书。"

"这是七岁的,你上小学了,佩奇给你买了皮卡丘书包和小公主文具盒。"

"这是十岁的,你这么花心,一定有喜欢的小猪,佩奇给你买了好看的信纸。"

"这是十二岁的,一条公主裙,你现在也能穿。"

"这是十八岁的,你肯定嘚嘚瑟瑟想穿高跟鞋了。"

"这是二十岁的,戴上这条项链,你就是大姑娘了。"

"这是你二十四岁的生日礼物。"

他牵起我的手,亲了我好几下:"你的二十四岁礼物,就是我啊!"不得不说,二十四岁礼物是最实用的。这个1997年出生的"小奶狗",符合我的一切要求。他的出现,让我感谢相遇。

三、"奶狗"黏人又听话

他发消息简直就是唐僧附体——

"老婆,你去哪里了?"

"老婆,你什么时候回来?"

"老婆,你和谁出去?男孩子还是女孩子?老婆,你回来的时候还爱我吗?"

"老婆,我想你!"

…………

我真的超级喜欢他黏我。我忙着写方案的时候,他就去给我做好吃的。我在短视频平台里分享给他的美食,他看到了就立马学着做给我吃。我说心情不好,他就立刻哄我。

短视频平台里经常有女孩子撩他,他就把头像换成了我们的合照。他从一个唱歌博主变成了恋爱博主,不管掉不掉粉,就是想告诉全世界:我有女朋友了。

他的副驾驶位放了一只娃娃,我不在的时候,娃娃就会坐在那里,别的女孩子都不能坐。

他手机的锁屏密码,也都关于我。

有一次他半夜给我发消息说:"我好难受,想哭。"我使劲睁开眼睛问他怎么了,他特委屈地说:"我做了个梦,气醒了,就哭了。"

我赶紧打电话给他,问他怎么回事儿。

他说:"老婆,我难受。梦里你嫌弃我不像大叔那样成熟,你说我们要走到头了。"

我当时觉得又好气又好笑,怎么做个梦就难受成这样了?梦是假的。

直到有一天,我做梦梦见他出轨了,找了一个比我年轻、比我漂亮的姑娘,那一刻我打死他的心都有了。我这才明白,这一切还不是因为爱?因为足够爱你,即使是梦里和你有关的事,我也都会无比上心。

遇见他以后,我终于忘了之前受过的伤,重新出发了。

幸好啊,我遇见的他,没有靠伤害我成长,而是越来越成熟、稳重,又不失可爱。

我们给了对方一见倾心的邂逅,悸动难平的共舞,彼此互许的深吻,灵犀相印的追随。

最后用他的一段话来结尾吧:从小到大最幸运的事就是遇见你了,茫茫人海中,在短视频平台里遇见你,还相遇在这所大学里,这本身就是可遇不可求的缘分啊。让我一直陪在你身边吧!忐忑给你,情书给你,不眠夜给你,雪糕的第一口给你,一腔孤勇和余生六十年全部都给你。爱无处不在,要满怀期待。

只愿你依然敢爱敢恨

"5·20"表白日那天,你窝在沙发里漫无目的地刷着手机。秀恩爱的照片、文字满天飞,你看看旁边空落落的位置,突然觉得有些孤单。

猛然间,你看到前任的朋友圈信息:"余生有你,真好。"下面配了一张两个人的合照,女生眼含笑意,扭头看着男生,男生骄傲满满地看着屏幕外的你。

换作以前,你见到这样的情景早已经暴走,摔手机,可是你什么都没有做,只是轻轻地笑了一声。

和他分开后你从来没有后悔过。失望是一点点儿堆积起来的,到最后只要轻轻一根稻草就压垮了骆驼。

你曾经坚信,只要有足够的爱、宽容和理解,你们之间就会永远像一面光滑的镜子一样毫无裂痕。分道扬镳之后你才幡然醒悟,原来从一开始就存在的问题,到最后分开时也仍然会存在。时间并不会让它自动消失,反而会慢慢发酵,直到吞噬彼此。

那句话说得真对:恋爱中的女人都是盲目的。盲目到被人欺骗，还沉浸在对方为你编织的谎言中自欺欺人；盲目到被人暗地里捅刀子了，还蒙在鼓里。你退出微信，关上手机，换上一身运动装，没有想要流泪的冲动，只有一种如释重负的轻松。

你现在还记得，自己是怎样一步步心甘情愿地走到那个陷阱里的。有时候想起来就像是生活狠狠地在你脸上扇了一记耳光，干脆响亮。

你工作到晚上十点，忘记了吃晚饭。楼下餐厅打烊，冰箱里空空如也，你发了一条朋友圈信息："跪求深夜食堂。"

三分钟后手机"叮咚"一声响，是他，你点开："你还没吃饭啊？下楼，我带你吃夜宵去！"

外面突然下起了大雨，你被淋得浑身湿透。那时他刚买了一辆车，你想开，于是借来停在楼下。你慌慌张张地跑回去，顾不上换下湿透的衣服，先看车怎样。你告诉他："一回来就要先看你的宝贝车淋湿了没有。"

他秒回你："不，应该先看你淋湿了没有。"你的心里怦怦乱跳。

你在电脑前面坐了一天，从早上八点开始工作，一直到下午六点才结束。

你伸了个懒腰从工位上站起来，打开一天都没顾得上看的手机，收到二十三条微信新消息。

你愣了，以为是谁有特别要紧的事情来催你，打开却全是他的——

"你干吗呢？"

"你中午吃什么了啊？公司的饭好吃吗？"

"你看我新买的水杯！特别可爱！是龙猫的哟！"

"晚上一起吃饭好吗？"

…………

你心里暖暖的。原来被人惦记是这么温暖的事情。于是你发了今天的第一条消息给他："我们在一起吧！"

你真的在谈恋爱吗？

有时候，你自己都在反问自己。

在一起后，他的一举一动都让你感到压力和重负。

他热爱工作，是加班狂人，每天最早到，最晚走。即便是一个普普通通的周末，你都只能和一个抱着电脑的男人坐在楼下的麦当劳吃个汉堡。

你想，男人嘛，事业心强是好事儿。于是你看着沉迷工作的他，觉得自己是八辈子修来的好福气，能找到一个有责任心的男朋友。

你从老家回来，刚下飞机就遇上了瓢泼大雨，接机人群中并没有他的身影。微信消息不回，电话也不接，你没办法，在机场等了一个多小时之后，才勉强拦到了一辆出租车。

回到家一打开门,就听见一阵搓麻将的声音,烟雾缭绕下几个男人光着膀子围坐在一起。看到你,他既惊喜又惊讶。他说:"都是好久不见的兄弟,一起聚聚,玩儿得起兴,没看手机。"

于是你们变成了最特殊的情侣:跨年夜在家吃泡面,情人节熬夜改方案,"5·20"对方在出差,一周年他在陪朋友。

你依然记得他半夜为你煮的夜宵,记得他冒雨送伞的身影,你忘不了他深夜的晚安短信和含情脉脉的凝视眼光,你渴望他带着体温的拥抱,渴望感受他跳动的心脏。

没关系,你想着,还可以忍受,还可以坚持下去,还没有失望。可是你再怎么坚强,再怎么嘴硬,都扛不住需要他的时候,他不在你身边的那种孤独与失落。于是你们分开了。

那天你约他去一家咖啡馆,直到约定时间过了一刻钟,他才匆匆赶来,说是单位同事非拉着他晚上一起聚餐,庆祝他的提案被大老板选中,全组人都跟着沾了光。

他兴奋地给你展示他的工作成果,却一句都没有问你有什么事情要谈。在他说话时,你深刻地感受到从心底里生出的疲惫感，强烈到你马上就能举手投降。

你本来想要认真地和他说："可不可以不要一天到晚不是工作就是和各种朋友吃饭、喝酒，能不能陪陪我？我们已经很久很久没有一起出来吃一顿饭了。"

可你欲言又止。你突然明白，也许他当初追你就像完成一项有挑战的工作一样，追到手了，有一种成就感和满足感。至于爱不爱，你也不知道。

他讲完了，高兴地看着你，等待你的夸奖，仿佛你是他的顶头上司而不是女朋友。

你强撑着对他露出一个微笑，然后说："你真厉害，我们分手吧！"

你扭头看窗外挂满繁星的夜空，想着明天一定是个好天气。也曾是在这样一个夜晚，他约你吃夜宵。当时怎么没发现，原来所谓的美食，也就是路边随便一家打烊得最晚的大排档？可惜你当时就只有感动。

你也想起来，那辆从他那里借来的新车不过是他从二手车市场上淘回来，送到汽修店里里外外翻新的，因为以他的经济能力，根本买不起新车。

你还想起来，那天之所以会有二十三条微信消息，是因为他和一圈朋友在玩儿真心话大冒险，他输了，根据赌约要给最高冷的女性朋友发出二十条以上的暧昧消息。这是后来你无意中看到他微信群里的聊天记录才知道的。

你现在才发现,先动心的人最吃亏是不假的,就是因为真的太喜欢他了,所以才什么都看不清。

你现在终于明白什么叫爱与被爱,你再也不嘲笑"玛丽苏"电视剧的编剧无下限了,因为女主角是活在爱里的。

你再也不会傻傻地等一个人,直到他愿意回头看你,或者突然想起来,身后还跟着一个死皮赖脸的你。

你再也不会拼命地找一切他爱你的证据,来证明你们的感情有多么牢固,因为被爱不是靠证据而是靠感觉。那个人若是你,你会感觉到他的气息围绕着你。

可是你也再不会死心塌地地对一个人好了,因为他的离开,也带走了你的勇气。曾经单纯的小女孩儿已经变成了不敢再轻易尝试爱情味道的胆小女生。

你明白所有的问题都要从一开始就解决,时间是一剂良药,有时候也是一剂杀死人的毒药。

只愿你依然敢爱敢恨,面对下一个人时不再两眼一抹黑,不再受伤难过,而是能真正把握住自己的幸福。

成年人的爱情很艰难①

我和女朋友在一起的第四年,我觉得我们要分手了。

她在关门的那一刻对我说:"你努力变成一个成功人士,却不再想成为我的流川枫了。"

校园恋爱两年,毕业之后在社会上打拼两年。我们俩的家都在不起眼的县城,说为了生活也好,为了满足自己的欲望也好,我们来到北京这个一线城市工作。

我以为这是梦开始的地方,没想到是我俩爱情结束的地方。我是一个有野心的人,既然选择在竞争激烈的地方工作,就要付出比别人多十倍、百倍的努力。

我在公司里什么事儿都抢着干,哪怕是只学到一点儿东西,我也觉得值了。但是我经常加班和应酬,女朋友不满意了。

我知道她乖巧又懂事。起初她还会很心疼我,不管

---

① 本文改编自朋友故事,以该男性第一人称视角叙述。

多晚都会等我。给她一个温暖的家也是我最大的动力。但是现在,她会担心和焦虑,我也理解她的担心,毕竟一个女孩子跟着我在陌生的城市里打拼,她过得也很艰难。我现在就恨我自己没有能力给她承诺。

忙碌的工作让我们俩基本没有了说话的时间,所有的矛盾都在那个周末爆发了。

我像往常一样,早起洗漱,准备出门。她问我:"人家周末都休息,你为什么一直在加班?"

我说:"大家都在忙,我一个新人,过周末不太好吧?"

她说:"你骗人!我都看你朋友圈了。你同事小王已经陪女朋友去逛街了,你现在跟我说都在加班?"

我承认我骗了她,今天我要陪我们单位领导去打球。

如果我直接跟她说的话,她肯定不会理解。刚刚步入社会的她,单纯又善良,根本不懂我这么做的道理。

当然,我也不希望她懂,就想把她宠在怀里,当一辈子的小公主。

那天她说了很多话。

后来,我们聊天的次数越来越少。每一次她要跟我沟通的时候,我不是在睡觉,就是要出门。

我忽略的细节她都会记得。

比如我第N次喝多回家睡着以后,没有跟她说"宝贝，我爱你"。又比如我和同事聊微信的时候，她叫了我好几次，我都没有回应她。

给公司的人带饭，女同事加我微信好友说句感谢，她都要问我好几遍那个女的是谁。

我不怪她，是我没有给她安全感。

以前在学校的时候，我背女队员去医务室，她只是问我有没有累着。这跟信不信任没关系，以前我给得最多的是安全感，现在我最难给的也是安全感。

最后她说："我选择跟你背井离乡来到北京，是因为我觉得你是一个既负责任又可靠的人，但是你现在不能给我那么多的安全感了，我再也没有跟你在一起的勇气了。"

我知道我说什么都是苍白无力的，而且现在的我，真的没有什么资格要求她留下来。

我对于未来也很迷茫，或许真的不应该让她跟着我再吃苦了。我说："如果五年之后，你还没有结婚，那时你再考虑考虑我好吗？"

从她红肿的双眼和失望的眼神中，我已经看到结果了。

那句话可能也不该说出口吧，我不能要求她再把五年的青春浪费在我身上。我的依依不舍和对她强烈的爱让我说了多么幼稚又可笑的话。

门"咔"的一声关上了,我的整颗心也被她带走了。

整夜睡不着,越喝酒,越清醒。

想起第一次见面时,我在心里惊呼她长得可真是好看!她笑起来眼睛弯弯的,嘴角边的酒窝更是让我着迷。我开始想办法接近她,认识她。

和她确定恋爱关系的那一天,我就已经把她放进了我未来的计划里。

她是家里的小公主,同时我也在她身上看到了坚强、独立、孝顺以及爱心。

有时候看着身边的她,我就觉得我自己是花光了运气才能遇见她。

临近毕业,是我们俩最焦躁的时候。我一份份地投着简历,希望能快点儿挣钱养她,给她一个家。

她是家里的独生女,一毕业父母就催她回家,说是给她安排好工作了。但是她毅然决然地牵了我的手,在这个车水马龙的城市里,安了一个属于我们的小家。

有时我应酬得特别晚,回到家里的时候,看见她在沙发上睡着了,我就特别心疼她。她从小没吃过苦,现在却在陪我吃苦。

我也要更加努力,给她一个安定的未来。

最残忍的事情大概就是要接受现实,我只想到了努力工作,却没想到她仍然需要陪伴。

我们之间的距离越来越远。我也明白,我什么都没有,凭什么要求人家姑娘陪我一起奋斗?

她说:"我应该是个渣女吧,不想陪你过苦日子,却想跟你过好日子。但是,你知道吗?我妈每天打电话问我过得怎么样,还缺不缺钱花时,我什么话都说不出口。

"他们养了我二十多年,本来是可以享福的年纪了,可我昨天才知道我爸已经第二次住院了。我站在现实和亲情这边,是我对不起你。"

哪有什么对不起?我们是相互亏欠。分开,真的是最好的结局了。

四年前的那个下午,在球场打球的我假装摔倒,当着那么多人的面向她告白。

她的一句"好",让我觉得这是我们最好的开始。

那时候夏天的风很凉快,她陪着我在球场打球。晚上送她到寝室楼下,额头上浅浅的一吻,就能让我蹦跶回去,然后傻笑一晚上。

每次比赛,不管输赢,她都会冲上来抱住我。

校园里的爱情真的像深山里的溪流一样,清爽干净、透彻见底。

现在我真真切切地体会到了一句话:"在最没有能力的年纪,遇见了最想照顾一生的人。"

我以为和她的爱情，是这个世界上最坚定的东西，没有什么可以改变它。

可是随着时间的流逝和我们身份的转变，我们的爱情里掺杂了现实。

我们已经过了为爱情义无反顾的年纪，人越长大就越是畏首畏尾。她没有办法为了爱情放弃家庭，我没有办法为了爱情放弃前途。

想到这些，我就充满了无力感。成年人的爱情真的是好难。

最后，我想对她说——

以后我可能会遇见很多姑娘，她们可能会跟你很像，但是都不是你。

就像我再也回不去二十岁，回不去那个篮球场，更不会再遇见二十岁的那个你。

我们曾经为爱情义无反顾过，我也想我们只是短暂地分开。等到我有能力的那一天，我也希望自己能有勇气站在镜子前面，看着头发梳得整整齐齐，穿着西装、打着领带的自己。

很久没有碰过球衣、球鞋了，我知道我再也不会是你的流川枫了。

让你成熟的人才真的爱你

很久很久之前,我看到一句话:总有一天,你会泪流满面地长大。

今天我想说两个观点:一是泡在蜜糖里的孩子要自己长大;二是让你成熟的人可能才是真正爱你的人。

第一部分,写给和我一样的数量庞大的乖乖女。

我出生在一个幸福的家庭,从小父母就把所有的爱都给了我。我还算优秀,有不错的成绩,从小到大被长辈夸得最多的就是乖巧和懂事。

我仿佛没有叛逆期,二十多年来一贯如此。

对于这样的生活环境,我无比感恩,但是我也有过很多疑问。一辈子乖巧懂事就真的好吗?因为我骨子里是一个很有个性、很皮的人。我从小到大表现得乖巧,更多是因为我想让父母开心,而不是我本性如此。我喜欢改变,喜欢有个性的东西,喜欢独立。

我一直觉得父母对我管束得太多。我不明白为什么别人的父母都放心地让女儿自己出去玩儿，去旅行，别人的女儿晚上可以和朋友出门吃饭，而我什么事都不可以做。

我一直以为是父母放不开手，管得太多。

但慢慢的我发现，其实出问题的人是我——我在父母身边习惯了被宠爱，习惯了什么也不做。

我展现在父母面前的形象是懒惰、爱撒娇、恋家和不够独立。或许我在外地读书的时候足够独立，但在父母面前，我就是个没什么能力的孩童。

出现这种情况，不在于我的父母宠溺我，而在于我没有给父母足够的信心。

我一直活在一个近乎完美的壳子里，像电影《楚门的世界》里楚门在桃源岛里的人生。

我决心改变，决心成为独立的个体，脱离这个完美的壳子，但脱离壳子的过程让我整个人都很疼。

我终于发现，我一直觉得不公的，一直以来以为错误的事，都是我自己的问题。

从小到大，我身边所有的人都宠着我，让着我，给我优待。我撒撒娇，所有想要的东西便都好好地放在我面前。但我从没想过，别人也会累；也没想过，还有些事不是撒撒娇就能完全解决的。

我一直以为我的三观很正，一直觉得我写的东西，有很多人喜欢、夸奖，就证明了我的人生观、爱情观等，都已经足够成熟了。

但其实我对很多东西的理解都是流于表面的。我和别人说的道理，可能自己也没那么懂。我懂的、会的，其实很少很少。

我应该作出改变，不该躲起来当孩子。

那些沉寂多年的好孩子，我也希望你们能和我一起作出改变。不改变本性，但你们要让父母看到你们的独立能力。

第二部分，写给所有在看的人。

我以前一直觉得，能接受你一切的人，才是最爱你的。你在他面前可以永远当个孩子，这就是最好的状态。

于是我谈恋爱时候的状态，更像是把我面前的那个人，当成父母。

我仿佛把恋爱对象和父母都当成了同一种人，包括和他们的相处模式，都是一样的。在我看来，他们都是我的亲人。

很久以后，有个人对我说："我希望你能长大。"

我一开始觉得很生气。如果你爱我，你不就应该把我当成孩子吗？但我后来想了很久，或许让你长大、希望你成熟的人,才是真的爱你。

我的前男友离开我的时候,是悄无声息的。就像很多人说的,真正告别的那次,关门声最轻。

我恨他打破了我对爱情的信任和期待,但我现在明白,如果非要说我恨他的原因,那么我应该是恨他的不告而别。不告诉我原因,让我用一种错误的状态,去继续面对接下来的感情生活。

前任曾经告诉我说,他最喜欢我对他撒娇,喜欢我乖巧懂事。但这种喜欢也仅仅是喜欢而已,他没想过对我的未来负责。

他对我的喜欢是不负责任的。他对我的喜欢,更像是一餐饭。他不会和我说那么多,只是在喜欢这件事结束了以后,一言不发地离开。

没人会一直喜欢一个没长大的孩子。

如果有一天,有个人对你说,"我希望你能长大,或者说我要让你长大",可能他是希望,将来如果有那么一天,他不在你身边,你也能好好地生活,不会那么无助。

这种爱,类似父母之爱,高于爱情。一个无限纵容你的人,可能只是不想参与你的未来,而一个对你说真话、谈未来、希望你能长大的人,才是真的想和你在一起过好未来的每一天的。你不是他的一顿麻辣烫,而是每天都需要的主食。

我今天出门买菜的时候，经过一个熟食摊，听到一位老爷爷跟摊主说："给我称点儿这个，我老婆就爱吃这个。"当时我心里不知道是什么滋味儿，现在想来也许更多的是羡慕吧。

这种能相伴到老的感情，才是这世间最难得的。

听歌的时候看到过一句评论：怎样才能彻底毁掉一个人？给他全部，再一次性收回来。

谈一场可以成长的恋爱有时候确实就像是前人栽树，后人乘凉，可是我教你学会爱，不是叫你去爱别人的。所以我希望所有此刻正在相爱的恋人都能够珍惜缘分。

看电影的时候被一个片段感动了。鬼屋出口处的镜子上写道：能和你现在牵着手的那个人，你们相遇的概率近乎奇迹，希望你们就算回到明亮的世界，也不要放开彼此的手。

那么，希望我们无论如何都不会放开彼此的手。希望我们都能认真地长大，彼此相爱又独立。

第五章

爱情中三观比五官更重要

> 我们其实都是在等人,有人等不及,先上车了;有人还较真儿地在原地等着;有人则坐到一半,发觉上错车了。

我还不如小时候会表达爱

有人说过:"我崇拜过,羡慕过那些厉害到发光的人,而那些拼尽全力保护我的人才是神。"

在我的童年时代,我会特别羡慕那些每天有五块钱零用钱的小朋友。我觉得他们是我接触到的最早的一批富二代。我曾经很好奇,他们有这么多钱,到底要怎么花。我同桌家里是做烟草生意的,他每天能有三块钱的零用钱。

我问同桌:"这么多钱,你能花完吗?"

"其实要费点儿劲,但是世界上没有什么难题是解决不了的,只要你肯动脑解决。"这是那时候胖胖的他和我吹的第一个牛。他一本正经的样子把我逗笑了。

我说:"这话是谁教你的?"

他特自豪地说:"我妈和我说的。"

那天我回家问我妈,为什么别人能有那么多零用钱而我却不能,我质问她把钱都藏到哪里去了。

我妈说,她把钱种下去了,等过两年钱就会长大开花，结出好多好多的钱。可是在这之前，我们不能去惊动它。

说完之后她带我去阳台看一株茁壮成长的小植物，她指着根茎上的嫩芽对我说："闺女，看到了吗？"

我惊喜地说："看到啦！看到啦！"

当时我才八岁，对世界一知半解，惊喜之余更多的是担忧。我很质疑这个绿绿的小东西和钱是不是真的能有关系。

我问我妈说："你确定它能长出来钱？"

我妈说："当然能。"说着她掏出了几张一百块："看见没？这就是上次长出来的。"

我惊喜极了，觉得我发现了这世界上的一个惊天秘密。

那天之后我和同桌说，我们家把钱种下去了，别看我现在兜里就五毛钱，等钱开出花，结出果，我的钱会多得让你害怕！

说这话的时候，我骄傲的语调都不自觉地抬高了好几度。我同桌羡慕得要命，一直求我告诉他，怎样才能让钱开出花。

毕竟对于孩子而言，那意味着数不清的棒棒糖、玩不尽的溜溜球，还有吃不光的小浣熊。

从那天开始，我觉得别人有十块钱都不如我厉害，毕竟他们谁都没有让钱开花结果这个本事，可是我妈妈有！

说真的，我们家那时候经济状况真的不好，但是我妈妈很可爱的一点是，她从不会对孩子说出很残酷、很现实的话，也不会像别人妈妈一样一味地哭穷。

真的会有这样的家长，我朋友高睿的父母就是。从小，他母亲就一直在他面前说他们家欠了多少多少外债，过得多么多么不容易，并一直告诫他花每分钱都要思前想后。

这导致现在他虽然已经赚了很多钱，但生活品质一直得不到提升。他会觉得给自己买任何稍微贵一点儿的东西都是奢侈浪费，甚至会因为别的街道的西瓜比楼下的便宜七毛钱而特意开车去买。

他和我讲，穷怕了。

每次听到有人这么说的时候，我都会觉得好心酸，并且真心地感激我妈妈：在那个物质贫瘠的年代，她用她的想象力维护了一个孩子关于未来的期待和敏感又脆弱的自尊心。

有什么事比给一个人希望更重要呢？

我朋友给我讲过一个她和她妈妈的故事。

她说刚工作的时候每天特别忙，忙得很久都没在家里认真地吃过一顿饭，每次都是匆匆回家拿文件，再满身疲惫地进门。

前几天回家吃饭,她忽然发现自己的碗被换成了一个超级可爱的卡通碗。她随口问了句:"怎么换了呀?"

她妈妈说:"小时候,每次你不好好吃饭,换个好看的碗你就好好吃饭了。最近我看你又不好好吃饭,就想着专门给你换个新碗……"

父母的爱,就包含在细枝末节的小事当中,有些甚至是"拿不上台面"的小事。你爱吃的、喜欢的、说过的、在意的,他们记得比谁都清楚。很多很多时候,我一直觉得我爸妈在疼我、宠我这件事儿上,简直没有边界。

我遇见过无数让我束手无策的事情,可是一想起我爸妈还在家里等我呢,便总觉得,黑暗里有隐约的那么一点儿光。就好像在你心里,一直都有这么一个人,你知道她在,你就不会无家可归,你知道总有那么个地方,一直为你开着门。

出来工作之后,大概有两次痛哭流涕地打电话给我妈。

她慌张地问我:"怎么了?发生什么事儿了?别怕,妈在呢!闺女,别这么累了,回家吧!"

所以每次看到"我再也没有爸爸了""从此母亲距

离我万分遥远了"这种字眼的时候，我的眼睛都会酸涩不已。

现在的我，对所有关系都抱着期待和向往，对所有工作都怀着满腔的热忱，即使有一些在别人眼里是枯燥无聊的工作。怀着这股子劲儿，我完成了很多原以为根本不可能完成的任务，有了一些想都没想过的成绩。

然而我知道，这种把平淡生活过出花来的心态，是我妈妈教给我的。

小时候，所有小朋友的包书皮都是月历背面的白纸，我的却是彩色的，那是我妈妈用水彩笔给我画上的彩色封面。

小时候，我傻乎乎的，没到期末，课本最后几页就不见了，我妈妈就用仿宋体一页一页给我抄出来贴上。

小时候，家境不好，我有件很高档的儿童大衣的手肘处磨破了一个洞，我妈妈就用彩色丝线给我绣出了一朵活灵活现的大牡丹花，结果衣服比原来还要好看。

我妈妈真的很重视我，这和有没有钱没关系。面对那些需要钱来解决的问题，我妈妈总是用更多的心思去补足缺憾。

甚至是老师留的一项手工报纸的任务，别的孩子都是天马行空地随意涂画，而我妈妈总是熬夜陪着我画画。

我一边哭一边画,她一边安慰我,一边陪着我剪纸。我困得不行了,央求她说:"我要死了,做不了了,我得睡觉,你自己弄吧!"

我妈妈一边安抚我,一边把我按在座位上,递手工剪刀给我。她对我讲:"无论什么事情,一旦你决定要做了,那就要把它做好,别三分钟热度。手工报是你自告奋勇揽下来的活儿,老师把这份期待给你了,你就有责任用心去完成这份荣誉,都哭着让妈妈做,这像什么话?"

其实到最后,那份手工报70%都是我妈妈做的,可是我全程都参与了。在重复修改的过程中,我好像渐渐地懂得了什么是责任,什么是担当。

她总是这样,不会给你讲什么大道理,但是她会用实际行动让你知道这样做不行,那样做不好。

我长大之后,妈妈凭借她对我的观察猜测着我的生活状态。刚实习的时候,我工作不顺,随手发了一条朋友圈信息抱怨,结果我妈妈看见后,二话没说就给我转了三千块钱。她说,大丈夫出门在外,不能畏畏缩缩,别因为几千块钱影响了自己的格局。

她说这话的时候是笑着的,她说:"等你缓过劲儿了,等着你养我。"我回她说:"我可不会让钱开花这门手艺。"说完我俩都笑了。

其实我很怕遇见那种一心为我、不求任何回报的人，我会觉得这比有所图更让我感觉到压力。

我妈妈懂我，所以每次我带她出去旅游，给她买什么东西，她都不会一直推推搡搡地说不要，反而很大方、很开心地接受。无论我带她去哪里旅游，有多辛苦，即使走得脚皮磨破，她都满心欢喜地说好开心，所以我也好开心……

她的喜悦，让我觉得我的努力都是有价值、有意义的，它能带给我家人更好的生活，能让我们生活得更加开心。

这完全不是压力，反而是一种强大到爆炸的动力，满心喜悦的动力。

正是因为被一个人无条件爱着的感觉太美好，我才总是愿意带着一身力量敞开怀抱去接纳别人。正是因为我的动力太足、太强，在所有的困难和压力面前，我才总是会有无穷的力量。

这些，都是我妈妈教给我的，可我依然不懂得如何直接对她讲，我很爱她。

昨天晚上睡觉前，我去淘宝给我妈妈买了一大箱坚果。她喜欢吃零食，和我小时候一样。其实这么讲有点儿搞笑，妈妈怎么还能和我小时候一样呢？

不知道你们有没有发现，其实随着我们越来越大，父母也越来越像孩子了。

上午给她打电话，我说："给你买零食了哦。"

电话那边的妈妈很开心，她很欢快地说："那我和你爸就把牙齿准备好了哦。"

现在好多公众号都在批判啃老、享乐的行为，说什么"父母尚在苟且，你却在炫耀着诗和远方""父母省吃俭用，你竟然背着好几万的名牌包"。刚开始只觉得这样的题目挺有煽动性的，后来仔细想想，还有点儿夸张。起码我的父母不会吃了上顿没下顿还给我攒钱买好包，他们有他们的生活方式。只是，如今我赚钱的动力是给他们买些好东西、挑些贵的玩意儿。我知道这样挺俗气的，可我就是想这样。

面对越爱、陪伴得越久的人，我们往往越无法在日常生活中说出那句关于爱、关于感恩的话，这是中国人特有的含蓄。

我们都受了爸妈的影响，在一件件小事中，让爱生根发芽。

爱情中三观比五官更重要

这几年你变得越来越现实,每当朋友圈里的女性朋友公布新恋情时,你总会追着评论:"爆照!""年薪多少?几辆车?几套房?地段好不好?""有没有五险一金?""他有多高?你俩是最萌身高差吗?"

你用条条框框卡下来,相爱概率接近于零。

你从没想过,爱情的模样并不存在于你的条条框框中。

你不是没有做过"玛丽苏"式的白日梦:渴望遇到一个高大帅气的男孩儿,怀着对你满腔的爱,英雄一般地出现,拯救你于水火之中。从此,你们过上了幸福的日子。

你深深地陷在偶像剧里,并且坚定地认为:自己的另一半一定要有比自己高出至少十厘米的伟岸身材和可以让自己幸福倚靠的坚实胸膛。此外,他还得穿衣显瘦,脱衣有肉。他不仅浓眉大眼,声音有磁性,还家世好,有礼貌,会说话。他有着帅气的发型、干净的脸庞，穿着永远带着阳光味道的白衬衫。

你相信，没有理想的另一半，生活是不完整的，那样的人生是失败的。

你走到镜子前打量着自己。嗯，脸蛋不错，是年轻女孩儿的样子。身材高挑，穿什么都好看。妆容、穿搭都过得去。学历不错，收入可观。

这样的你，让自己很满意。

你准备好了一切足以匹配理想型的条件，就等着哪天的不期而遇，让他来拯救你悸动的灵魂。

后来你成功了，找到了拿得出手、带得出门的那个人。

你在一次旅行中认识了他，你们两人在飞机上交换了联系方式，旅行结束之后就在一起了。

他符合你所有的要求：家世显赫，颜值与智商齐飞，人缘好，会说话，会来事儿，讨女孩儿喜欢，温柔体贴，有钱，懂浪漫，衬衣上永远有阳光的味道。

从此，你无比地骄傲与自信，走起路来昂首挺胸，不再无精打采。

当你挽着他的胳膊逛街时，你坦然地接受所有女孩儿羡慕的目光和藏不住嫉妒的祝福。在她们的眼里，你是多么的了不起，因为你拿下了最抢手的男孩儿。当她们还在费尽心思地打听他的微信时，你已经和他在街头拥吻了。

你看着枕边人英俊的侧脸,闻着他身上好闻的味道,想起那些嫉妒你的女孩儿,你的嘴角挂着藏不住的笑意。

这就对了,让所有人羡慕的爱情是女人成功的标志。

你的虚荣心得到了极大的满足,同时你也认为,这就是对的爱情。

三个月之后,你们分手了。

他想要你永远保持第一次认识时的样子:化着精致的妆,穿着搭配得体的连衣裙和高跟鞋,说话干脆利落,举止从容不迫,脸上透着"老娘天下最美"的霸气。

他受不了你蓬头垢面、穿着随意的样子,甚至在家里也要你化个淡妆才擦地板。

他讨厌你带着街边烟熏火燎的大排档和烧烤摊的味道回家。可你是这里的常客,它们是你生活的一部分,而他从来都缺席。

他不喜欢你张着嘴巴不顾形象地哈哈大笑,在他朋友的聚会上,他不止一次地向这样的你投来不满意的目光。

面对他一次次的指责,你为了自己的面子和所谓的喜欢,选择了全盘接受,一次又一次地降低原则和底线来维护这段表面光鲜的感情。

可是当你看到他收到一条条的微信好友验证时,看到别的女孩儿被他当初吸引你的魅力勾搭得魂不守舍时,你不得不承认,你好累。

原来,感情只是虚晃一枪,互相利用才是真正的目的。

他需要你,但不是因为你的温柔体贴和善解人意,而是因为你的身材和品位。

相爱容易,因为五官;相守不易,因为三观。这个道理你们心里门儿清,所以你们分开了。

你没想过你会和一米六五的男生无话不谈。

你第一眼看到这个比自己矮上十厘米的男生时,你已经自动忽视他了,他和你想象中的差太多了。

你认为,男人的矮,在外貌上相当于女人的丑。可这样一个人,总能戳到你的点。

你工作上出现差错,被老板骂了个狗血喷头,心情糟糕地收拾东西准备回家,他不会说多么动情的安慰话,而是坐下来陪你认认真真反思到底哪里做得不好。当下一次你的业绩排名第一时,他只会淡淡地说:"加油。"

你要去陌生城市旅行,他什么都不说,直接发来一份详尽的攻略。去哪里、怎么去、什么最好玩儿、什么最好吃，他了如指掌，令你惊叹不已，好像他是那儿的人。

你们的关系越来越好，你开玩笑地对他说："你这么矮，以后可怎么办。"

他没有油腔滑调的言论、闪烁其词的躲避，而是一字一句地告诉你："我知道我外貌并不完美，所以我会努力充实内在。有颗智慧的大脑和能给人温暖的心，比什么都重要。"

那一刻，你对他动心了。

所以当他提出在一起的时候，你并没有拒绝。

当初那个对未来另一半要求一箩筐的你，那个接受不了矮个子男生的你，那个在女性朋友晒恋情时第一个问对方身高的你，都不见了。

取而代之的是坦然自若的你。

面对别人疑惑的目光，你并不感到难过，反而感到舒坦。他陪你吃过每一晚的楼下大排档，在酒杯碰撞时为你擦干净沾着酱汁的嘴角。

他坦言最爱你素颜的样子，不想让你每天化太浓的妆，他说对皮肤不好。你开怀大笑时他也会陪着你一起乐呵。

你从来没有这么放松过，根本不需要在另一个人面前伪装自己。你终于承认，原来并没有什么所谓的爱情公式，那些都是骗人的。真正的快乐藏在柴米油盐酱醋茶的平凡和灶火升起时的温馨里。

你爱他系上围裙、专心为你做菜的样子，也看不够他坐在桌前投入工作的样子。

你再不会把他当成一个彰显你身份和地位的标志，而是一个真真实实的你爱的人。

没错，现任并不起眼，有点儿矮、有点儿瘦、不善言辞、高度近视、皮肤爱出油、有些笨、不懂浪漫，可这些所谓的"残缺"，在其他优点面前不足挂齿。

这些都是曾经的你。现在，我说说我吧。我想在疲惫时有个肩膀可以靠一靠，不用太坚实，温暖就好。

而站在完美无缺的"白马王子"面前，我不敢去喜欢他，自卑感与挫败感会让我狼狈得体无完肤，对方有没有我都无所谓，都不影响他光芒四射。

所以，我不去触碰那些看似完美、无懈可击的东西，相反，裂痕和残缺更能吸引我进行无穷的探索。

我喜欢他的不完美，正是这些让我们成为可能。我们各自怀抱残缺相拥在一起，刚好完整。

爱情不是比赛，没有输赢

最近，有同事问我，对男朋友有什么期许。

我一本正经地回答她："长得帅，有八块腹肌，身高必须一米八以上……总之，是长得像彭于晏一样的男生。"

我拉拉杂杂说了一大堆，结果同事回我一句："你前男友应该都满足，你们最后怎么也分手了？"

有这么拆别人台的吗？！

是的。

网上有一句话：当遇到真正喜欢的人时，那些所谓的标准，就都不算数了。

有了感觉就是有了感觉，爱上了就是爱上了。

经过之前那次失败的恋爱，我现在压根儿不想用一个量化的标准去找男朋友。

我更加希望，未来的男朋友能知道以下二十件事。

一

我不嫌贫,但爱富。

不欺你少年穷,但你要有一颗追求上进的心。

我的爱富、爱钱,不是拜金,而是希望我们能够努力赚钱。

现在房价这么高、物价这么高,孩子以后喝奶粉、上学……处处都要用到钱,不努力是不行的。

二

比努力获得一段感情更重要的是,持续努力经营一段感情。首先,我们要想很多办法经营感情。

其次,我们不能等到心血来潮的时候才把这些方法用到感情中,而是要下意识地去维护、经营它。

最重要的是,要坚持努力,持续性地把我们的想法用到感情中,才能让爱情长长久久。

三

爱情不是比赛,没有输赢。

没必要争个输赢,没必要争个高下,没必要逞口舌之快,没必要斗得你死我活。

如果硬要说爱情是一场比赛,那它就是一场一辈子的马拉松。它是一场持续的、耐久的比赛。

四

在感情里,毫无保留地付出,是一种恶习。

我希望我们彼此成就。好的爱情让我们变成更好的人,而不是其中一方拼命付出,去讨好另一方。

爱情中,也需要"疑人不用,用人不疑"。

在实习培训时,我们老板曾说过:"我既然选择你们,就会相信你们。相信人也是一种能力。所以你们不要让我失望哦。"

在爱情中,我也会信任你,希望你不会让我失望。但信任是一点点儿累积的,有一次出轨或者不忠,就会毁于一旦。我不希望这样的事发生在我们身上。

五

吵架的目的是什么?

是在吵架的过程中相互磨合,让我们之间的问题越来越少,而不是越吵问题越多,或者在同一个问题上反复争吵,最后将感情消耗殆尽。

如果你不爱我了,请及时告诉我。是的,你没有错。拖着只会给我带来更多的伤害。一旦不爱了,那就勇敢地说出来,大胆地说出来。

即便有伤害,也没有长期隐瞒带来的伤害大。

大可放心,如果你不爱我了,你好好跟我说明原因，我不会无理取闹，我会体面地分手，体面地说再见。

六

为了你，我可以讨好你的父母，但我也有底线。我可以为了你，去体谅你的父母，甚至他们对我有点儿不尊重，我也可以忍着。

但我同样是我父母的心头宝，是他们托在掌心上的明珠。

我尊重你父母，也希望能得到你父母应有的尊重。

我希望在你父母无理取闹或者胡搅蛮缠的时候，你可以讲道理，可以站在我这边。

我可以为了你忍受一点儿委屈，但我不可能为了你降低我的底线。

七

为什么有些情侣谈了几年，依旧恩爱，而有些情侣三天一小吵，五天一大吵。或许他们不是不爱彼此，而是不懂得如何去爱彼此。爱不仅仅是一种感觉，更是一种能力。

八

我希望我的每次原谅,能换来你的下次改正。而不是说,每次原谅之后,下次继续犯,一次又一次。

有人说,吵架需要仪式感。而我想说,吵架之后的和好,更需要仪式感。这种仪式感,是不轻易和好,而一旦和好,这个问题下次就不会再犯了。

九

我会勤俭持家,也希望你努力上进。又或者我主外,你主内。在恋爱中,我们总得承担该尽的责任和义务。

十

忠诚是最基本的,否则一切免谈!

十一

我们要在各自所属领域里发光,互相帮忙,成为更好的人。

十二

有仪式感,用心经营感情。

我希望我们能记住彼此的生日、纪念日,以及属于我们的特殊节日。不要觉得老夫老妻了，很多东西就没有必要了。正因为是老夫老妻，正因为激情被岁月冲淡，才更需要仪式感来拯救。

十三

人性是流动的，不要太相信甜言蜜语。但求做好现在，珍惜现在。

十四

新鲜感这个东西很重要，我们得一起想办法。

十五

一旦吵架了，我更看重的是解决问题的态度，而不是时刻向我传达的道理。

十六

没有哪两个人的灵魂是完全合拍的。一旦相爱，就要选择用爱去磨合，不停地为了对方去调整，才能渐渐进入一个频道，走上同一条路。

十七

你可以有空间，你可以有异性朋友，但绝对不能有暧昧对象。

十八

甜言蜜语、誓言和承诺，这些话可以说，但说之前，用脑子想一想，自己究竟能不能做到。不要让对方觉得你说的都是假话，即便说了也做不到。

十九

直截了当地表达喜欢和赞美。

我们中国人就是过于含蓄，不好意思夸赞对方。下次发现对方什么事情做得好，或者哪里变得更漂亮了之后，请毫不吝啬地表达出来。

二十

我是真的想和你过一辈子，所以，你有什么困难，有什么痛苦，记得说出来，我愿意和你一起承担。不要总觉得我不懂或者不能解决，就选择不告诉我。请记住，多一个人，多一份力量。谈恋爱本就是你可以做的事对方却帮你做了，你想一力承担的事对方却帮你分担了。

我不想我们的爱情像偶像剧里那样，男主为女主牺牲，还不让女主知道。这样的牺牲，我不会感激，反倒会觉得你是不是脑子有病。我们常常以为，爱是含蓄的，是不需要说出来的，是你懂我，我也懂你。其实不是这样的，正因为爱对方，所以才更要讲清楚，要让对方知道自己的底线，知道自己想让对方知道的事情。

这里的"知道"不是口头上的一句"好的"，而是打心底会去注意这些事情。

许多事提前告知，远远好过后来才知道，会避免因为不知道而带来的伤害。

所以，我希望你们能和男朋友互相沟通各自的底线，以及彼此应该知道的一些事情。

毕竟相遇不容易，相爱更是难得，不要因为不懂爱，失去一个对的人。

喜欢你的人，不怕麻烦

所谓喜欢，就是总和你说一堆废话，做一堆傻事。

二子和她的男朋友在一起三年了。在我的印象里，他们俩大概是两个话痨，总是有数不尽的话，总是有聊不完的事。

他们有事没事都要给对方打电话。二子看见学校的花儿开了，会给男朋友打电话说："我们学校的花开了哎，原来都是白色的，这次竟然变成粉红色的了！"

她男朋友也特别喜欢给她打电话，比如每天按时汇报中午吃饭吃的什么，就连盛菜的大妈多给他打了一勺番茄炒蛋，他也会给二子打个电话絮叨几句。

我很好奇他俩哪儿来的那么多话可说。二子告诉我，其实真正喜欢，就会分享，就是看见蚂蚁搬家都想颠颠地跑去告诉他。

他喜欢你，就是会有一堆废话想跟你讲，如果他连废话都不想跟你说，基本上也没什么话好说了。

发短信的时间是三十秒，打个电话一分钟都不到。

没有什么忙与不忙，只有想与不想。

我和前男友分手快五年了，其实他是个挺好的人，能记住我所有爱吃的、想吃的、不能吃的东西。

"老板，来一碗牛肉拉面，不要牛肉！"

"老板，今天的凉面里别加西红柿，女朋友过敏！"

"我一会儿买点儿杨梅去图书馆找你，这么热的天儿你就别乱跑了！"

这些都是他经常说的话。

他记得我牛肉过敏，记得我吃了西红柿后会肚子疼，记得我爱吃街边第几家店的红豆饼，记得我喜欢吃火锅配豆奶。他经常会倒三四趟车去头意林家的蒜香面包给我当早点，也会在太阳当空的中午自己熬完绿豆汤送到我的书桌上。

其实喜欢你的人真的不怕麻烦，也不怕忙。

就像你在千里之外的地方听到喜欢的人一句想念的话，就特别想赶到他面前热烈地拥抱他，把头埋在他怀里尽情撒娇，感受他身上熟悉的味道。

他喜欢你，大概就是什么事儿都会放在心上。

闺密跟男朋友分手了，原因是他不那么在乎她，什么事情都不放在心上。

"我几点的火车他不记得，我几点下课他不记得，我爱吃什么、不吃什么他不记得，我生理期他还是不记得。稍微问他一句，他就问我：'至于吗？'你说这样的男朋友，我还和他在一起干什么？异地恋本来就难熬，他没有一个假期主动过来找我，从来没有在纪念日陪我逛街、散步过，可能他忙吧！"本来怒气冲冲的闺密越说越委屈。我不觉得她没必要生气，也不觉得她说的都是小问题，但是我认为也不至于闹到分手的地步。

于是闺密悄悄地发短信问他到底为什么，他回答："你不觉得累吗？不觉得麻烦吗？"

那一瞬间，我觉得闺密选择分手是对的。

如果怕麻烦，何必要恋爱呢？他说麻烦，只不过是因为他没有那么喜欢你罢了。

人大抵都是如此。最初，她皱一下眉你都心疼，到后来，她掉眼泪你也觉得无所谓了。

后来闺密的前男友有了新的女朋友，每个周末都会赶往新女友所在的城市陪她吃饭、游泳，拉着她的手慢慢地在街边走，频繁地发朋友圈信息秀恩爱。

而这些都是他没有在我闺密身上做到的事儿。我突然庆幸闺密早早看清了这一切，早早分手了。

闺密说："一个人喜不喜欢你，你是感受得到的，最简单的分辨方法就是不怕麻烦。为了见喜欢的人一面，就算第二天从早到晚都是事，就算要坐很久很久的车，也还是会去见的。

"因为喜欢,所以没有麻烦不麻烦。

"因为喜欢,所以他只会把你一个人放在心上。

"喜欢上一个人的时候,你会秒回信息,好像你整天无所事事,一点儿都不忙。你只想陪他聊天,陪他吃饭,陪他打游戏,下课跑去不同的楼层,只为了看他一眼,说几句话。你不是真的不忙,而是跟其他事情相比,他更重要。"

我认真想了想,好像是这样的。

他说今天下雨了,其实你们不在同一个城市,他也不是为了告诉你天气不好,记得带上雨伞;他说今天遇到了一个有趣的人,其实你也不认识这个人,更不知道发生的故事是不是真的很有趣;他说他今天上课为了跟你聊天,手机差点儿被没收了,不是在埋怨你上课跟他说话,而是在悄悄地跟你表白:"我喜欢你,我在乎你。"

一个人喜欢你,就是想跟你分享生活的点滴,分享鸡毛蒜皮的小事儿,就像没话找话说那样,先来一句"在吗",然后天南海北,无话不谈,简单的一件小事都能聊出上百页的聊天记录来。

这不是没事干,而是我只想和你分享我的生活,只想让你知道我都在干什么,只想慢慢地走进你的生活。

真正爱你的人,会琢磨菜谱,花费好几个小时为你做一顿可口又有营养的饭；会为了给你拍几张好看的照片，不停地找角度、按快门；会为了帮你完成上司交代的任务，绞尽脑汁、不甚熟练地做报表、写稿子。

真正喜欢你的人，会挤出时间陪你，会活跃在你生活日常的点滴小事中。

想离开的人有千万种理由，想陪伴你的人赶也赶不走。那些真正喜欢你的人，怎样都可以，怎样都随你，而你需要找的，正是这样一个不怕麻烦，也永远不忙的人。其实像我这样的人，是不太喜欢结识新朋友的。你知道，介绍自己的过去是很累的，可是遇见你的那天，我竟然想着要把我的前半生拍成电影给你看。

喜欢就是喜欢，哪里来的欲擒故纵、克制和隐忍？我巴不得一日三餐吃了什么都要跑去告诉你，路上遇见小猫舔爪子也要拍给你看。

我喜欢你，喜欢到我今天喝了几杯水，都想告诉你。

等一个适合的人，结婚

晚上躺床上睡不着觉，便刷起了微信朋友圈，惊觉现在我周围的朋友们大多正处在结婚不久、孩子不大的状态。

我曾心血来潮，看见朋友家孩子可爱就主动要求帮忙照顾，让他们两口子放心地出去玩。我看着大眼睛、白白净净的小家伙，疼爱之心瞬间爆棚，根本没考虑过我是否有足够的能力驾驭他。

理想总是很美好，现实连骨感都谈不上。原因无他，这个孩子太闹人了！

小家伙一离开他父母后就像忽然被放养了的小狼崽子，抢我手机，用我的号打游戏。

对了，他王者荣耀打得特别好。别看他才四岁，连技能延迟释放这种绝活儿都会，一边打一边奶声奶气地骂"队友菜"。

这让我万分崩溃，他不过是一个四岁，连话都说不清楚的孩子啊，这些都是和谁学的？我给朋友打电话讲这件事，她是孩子的母亲，她听完一点儿都不意外，反而在电话那头笑得不行。

她说，她和孩子他爸平时在家最大的爱好就是打游戏，孩子说的话就是她和孩子爸爸的口头禅。

朋友是1991年出生的，她老公是1992年出生的，两人家庭条件都比较好，大学毕业就直接结婚生娃了。

因为他们俩本身就是孩子，根本不懂得如何去教育另一个更小的孩子，所以用尽一切方法让小家伙停止哭喊、保持安静成了他们的目标。

如何让小家伙不哭？那就是完全顺着他的意愿，不分对错地宠溺他。

这样的教育导致孩子越来越肆无忌惮，玩手机成瘾，而且毫无礼貌可言。想吃零食不给买，就直接从大人包里抢钱，挨训了就伸手打人，每一下都很重，并且眼神里带着浓重的怨气。

这些不可思议的事儿都发生在这个长着天使面容的小家伙身上。朋友走了七天，这七天里我简直经受了一场空难，我都忘了自己究竟是怎样坚持过来的了。

上大学前，父母耳提面命地告诫不要谈恋爱，上了大学却不断地追问有没有男朋友；大学刚毕业，就开始踏上相亲这条路。二十五岁了，相亲！二十七岁了，相亲！相亲！相亲！

等到了三十岁便怀疑你:"你不是性取向有什么问题吧?为啥还不结婚啊?我们都多大岁数了啊?等我们没了,以后谁帮你照顾孩子啊?"

你说,在这样的环境里,我们哪有时间去茫茫人海里寻找什么灵魂伴侣?

我家人更甚,他们对我每段恋爱的时长都有规定,告诉我不要太快结束,更不要太快开始。理由是"这样在外人眼里,会显得你很不好"。

问题就来了,如何在固定时长内接触尽可能多的人选,再用最短时间选出最优者,安心踏实地托付终身?

你看啊,在匆忙慌乱的单位时长里,顺利找到灵魂伴侣是多么困难的小概率事件。

现在越来越多的人喊着"一辈子不结婚"。但随着年龄增长、阅历增加,我忽然发觉,说"一辈子不结婚"很简单,但实施起来,需要莫大的勇气和无比强大的内心。

人是有社会属性的群居动物,说一辈子不结婚为自己而活很容易,但是操作起来,常会受到父母亲戚的干扰。就像是Twins在《莫斯科没有眼泪》里唱的那样:"单身的我,原本以为,可以一辈子不跟谁。"

我也不相信世界上有很多打心眼里就坚守这个口号的人,大家说着不结婚,根本原因还是没有遇到合适的人。

我多想结婚啊，这样就可以和你过着柴米油盐的小日子，你也会容忍我的小性子。可是那个对的你，我却怎么都想象不出样子来。单身这种事情，久了是真的会上瘾的，就像身体里长出一种抗体一样，对异性过敏，对好听的话过敏，对一切浪漫过敏。然后失望慢慢累积，等到爱情真正来临的时候，我们的第一反应不是欣喜，而是想要逃离。

就像现在，即使有个人在撩我，我的第一反应往往是害怕，而非开心。我会暗暗地想：他是不是在套路我，是不是单纯地觉得寂寞了？如果不是真正的喜欢，时间越长，热情就越淡，那这么相处下去还有什么意思？那干脆还是不要开始的好。

这样乱七八糟、奇奇怪怪的问题，我会不自觉地联想出一大堆，什么都害怕。想到最后，我会把所有的可能性都想没了，也就在心里拉起警戒线了。

有时候一味地对对方好，也不是恋爱里的最优解，因为对方会认为："既然你都对我这么好了，那别人一定会对我更好，我一定能遇到比你还好的那个人！"所以他洋洋自得，所以他有恃无恐。

现在的感情，越来越像一场游戏，嘻嘻哈哈地开始，吵吵闹闹地结束，没有标志性的时间节点。

大家似乎也不需要时间节点，而是心照不宣地玩着"真心话大冒险"，我和你说真心话，你陪我玩大冒险，大家都各自留了一手，藏着不拿出来。

我们都太怕受伤害，所以拒绝了受伤害的可能，而拒绝伤害的同时，也拒绝了爱。

有多少人会真的一辈子不结婚？又有多少人说自己可能一辈子孤独终老的同时，却暗暗期待着在下一个街头遇见属于自己的紫霞仙子？

我们其实都是在等人，有人等不及，先上车了；有人还较真儿地在原地等着；有人则坐到一半，发觉上错车了。

你可以早早嫁人，但是你要做好和身边这个人一辈子长相厮守的准备，别总惦记着走到一半就分道扬镳，再换个伴儿。

你可以慢慢地、耐心地挑选，守住自己的一份真，怀着对爱的热忱，驰骋疆场。好饭不怕晚，最好的东西多是压箱底。

你想怎么样都没关系，关键问题是你要明白到底什么才是你真正期待的。

与其从未尝试空遗憾，不如经历过后说感言。讲真的，我在等人，等一个真的适合的人，等一个爱我的人。

我想结婚，和一个对的人。

分手后的我们学会了好好说话

互删好友之前，他发给我的最后一条微信消息是："你不能好好说话吗？"

我和前任从小一起长大，他是天蝎座，我是摩羯座，我们同样高冷、同样偏执。日常聊天记录里说得最多的话都是"滚""随便""不要脸"。

周围的朋友都很好奇，好奇像我们这样的两个人，究竟是怎么谈恋爱的。

大家都觉得我们的相处模式很奇怪，但我乐在其中。

我觉得这是我们之间特有的相处模式，大概是彼此明白对方永不会离开，所以我们恃爱傲物，莽撞而肆意地在爱里横行。

就在我以为一切都很正常，我们已经亲密到不能分开的时候，他突然说他已经忍受不了了，说我们已经没什么好说的了，还是分手吧。

我问他为什么，他挂了电话不肯说。

在刚分手的一段时间里，我经常回想起和他在一起时的往事。我一直和他说要减肥。一开始,他说:"减肥对身体不好,我就喜欢现在的你。"我真的是一个禁不住诱惑的人,本来自己就很想吃,现在得到了他的默许,更是毫不犹豫地冲进饭店,出没在夜色中的大排档里。

我还是一如既往地吃夜宵、吃甜食,还是边吃边嚷嚷着要减肥。

可能他听厌了,或者是我确实胖得不像话了,当有一天,我再次提到要减肥时,他说:"你一直在减肥,也没看见你瘦啊。" 说完这话,还在微信上给我分享了《谁都不会喜欢上一个胖子》等文章。

对一个自尊心极强的摩羯女来说,这无非是一种"你在嫌弃我"的背叛。于是我什么都没给他回,直接删除了微信好友。

他打电话过来质问我为什么删了他,而我也懒得跟他解释,直接挂掉了电话。

挂掉电话后收到了他发来的短信,只有一句话:"你怎么回事?"类似的事情多得我已经数不过来了。

我们之间好像从来没有什么原则性的问题,但是我们每天都在吵架,密集地吵架。

前任是一个什么样的人呢?

大概还是一个温柔的人吧。毕竟他不开心了,就只是不理我、不回消息、不接电话，但在朋友眼中，他还是一个礼貌待人、热情周到的阳光大男孩，当然，尤其是对我。

我承认，我性格偏执，做事情有点儿走极端，但是我相信，这样的人，绝对不止我一个。我身边的恋人朋友之间也都有类似的问题，大多数情况就是一个懒得哄，一个总生气。

相处初期还好，彼此会顾及对方面子，强忍着坏脾气。然而时间越久，我们就越藏不住那些负面的东西，总是不加掩饰地将它们宣泄出来。

好好说话这件最基本的事儿，往往成了我们之间最难以做到的事。

我总在想，我们为什么总是这样，对外人百依百顺，却对亲近的人露出尖牙。

大概是这样吧，对于越亲近的人，你越觉得他会包容自己。在潜意识里，你会觉得他无须被讨好。因此面对亲近的人，我们肆无忌惮，既会暴露自己的柔软之处，也会露出自己的尖牙利齿。所以，越亲近的人才越容易互相伤害。

我闺密的男朋友最近连续两次驾照科目二考试都没有通过，吃饭的时候和我们吐槽考试时考官怎么怎么不公平。

我们一边配合他,说考官真苛刻,一边安慰他,说挺过去就行了。

然而我闺密听到他又没通过时,当下的反应却是责备——

"你是不是肢体不协调啊?我就没见过一个男人,考驾照考得比女人还费劲的!"

"人家都一次就能过,你为啥考两三回都过不了啊?还不是你根本不把这个当回事儿吗?说到底就是你没有责任心!"

"你知道不知道,为了让你专心练车,我天天起早贪黑地坐地铁,想着等你拿下驾照了,咱们攒钱换辆好车。结果呢?你天天这么吊儿郎当的,你对得起我吗?"

"我说这些话都是为你好,你现在不注意这些小事儿,将来早晚会摔大跟头、吃大亏!"

其实这真的只是一件小事儿,但是经过这么一句句斥责和反驳之后,聊天的内容逐渐脱离了考驾照本身,转而变成了陈年往事的总结大会。

我闺密坚持举出各个时期的各种例子,来向我们这些"吃瓜群众"证明"她男朋友就是非常不靠谱"这一事实。

男生本来心情就不好,又受到突如其来的一顿责备,整个人当时心态就不好了。两个人饭也不吃了,开始当着我们的面吵架。

男生控诉闺密，说她既不贤惠，也不懂持家，家里每天都乱糟糟的，他都不敢邀请同事去家里。

闺密反驳男生，说："我不要工作啊？你要是赚得多，直接让我在家里待着啊，那我肯定天天把地板都给你擦得和镜子似的，你还不是没这能耐吗？"

聊着聊着，话题的严重性不断升级，从一场考试，升级成一种品质，从一种品质，上升到一个人的素质，后来，甚至牵扯到彼此的家庭出身……

男生摔杯子，女生开始哭，整个饭局不欢而散。

两个人都忘了，聊天的起点不过是一场考试没发挥好啊。两个人都不懂如何好好说话，都不明白要怎么心平气和地和人聊天，尤其是和亲密的人。

在感情里，多数时候我们会因为"他爱我"而变得有恃无恐，甚至堂而皇之地认为那些脱口而出的话是为了他好。

我和闺密都当自己的男友是最亲的人，并且从来没有反思过自己，直到失去了，才忽然明白：有些话，不加修饰，太过直白，就会成为一把利刃，一刀刀下去，两个人终会伤痕累累。

说起来，身边恋爱的男女大概都会有一种共鸣：我们之间不需要拐弯抹角，我就是你，你就是我。

但好笑的是，在现实生活中，我们表达爱的方式其实都是"拐弯抹角"的。我们不会像韩剧里演的那样，互相说"我希望你爱我多一点儿"，反而是"你为什么做这个，不做那个"。每当你渴望对方和你好好解释、好好说话的时候，委屈的情绪往往会变成谩骂、指责发泄出来。

也就是说，在现实中，互相伤害成了一种最低级的表达爱的方式。

能说出来，还是好的。亲密的人之间，还存在一种更可怕的表达方式——沉默、压抑，直到一朝爆发。

面对一些小事产生的误会或者隔阂，不少人会选择沉默、压抑，让这件事风平浪静地过去。但每个人心里都是有保护自己的本能的，表面上风平浪静，其实是在等待对方的解释或者道歉。这样的事一次次地发生，会导致误会、隔阂加重，最终一触即发。这就到了用冷战甚至分手来解决问题的时候了。

谁也不会在最亲的人面前放低姿态，说出自己内心真实的感受。其实，试试在伴侣面前放下强硬的态度，你一定会收获更坚实的感情。当我成熟了，才发现爱的人已经不在身边了；当我终于懂得珍惜了，那个说会一直宠着我的人却离开了。

刚跟前任分手时，我最不能接受的就是孤独感。早上起来拿出手机，我却不知道该给谁发消息，似乎在这个世界上找不到任何存在感；吃饭时想起往事，眼泪又吧嗒吧嗒地往下掉，一碗面才吃了两口，就趴在桌子上号啕大哭。

我总以为自己是最委屈的，总是想方设法地让他认输，到最后却在没有人的角落里为每次的不欢而散而后悔不已。

回想曾经甜蜜的时光，即使在恋爱中，我们都是两盆仙人掌。

无论是高兴还是生气，总能动不动就扎对方几下；总是把好的一面留给陌生人，把最糟糕的一面留给最亲的人。

虽然这句话很俗，但我还是想说：我们需要把之前没有好好说过的话，找个时间，和自己想好好说话的人好好地去聊一聊。

心怀爱意的时候总是无所不能

你有没有为了一个人或者一件事赴汤蹈火过？

就像是小时候父母反对你学画画，觉得那是不务正业，你说以后要学美术专业，要走艺术这条路。于是他们就把你画画的工具藏起来，要求你好好学习。但是，你真的非常喜欢画画，每周属于你自己的时间就那么一点儿，你全部用来研究画画了。高考的时候，你甚至自己攒钱报考了艺考。

从没有得到过专业指导的你，从考试中脱颖而出。

你觉得这几年的坚持是值得的，你马上就能天天做自己喜欢的事情了。

你看，只要你想，没有什么事情是能阻拦住你的。所有的艰难和坎坷都会过去。

不坚持一下，你永远不知道自己的力量有多大。

很多事情都是这样的。只要你愿意坚持，就不怕万人阻挡。一个人内心坚定的时候、心怀爱意的时候，是无所不能的。爱一件事是这样，爱一个人更是这样。

我记得我曾把一个比我高很多的大胖小子的脑袋打出了一个洞。看见血的时候，我呆站在那里。我爸刚好下班回来，看到眼前的这一幕，马上扔掉了他的二八自行车，抱起那胖小子就往医院跑。胖小子的父母也闻讯赶过来，一边哭一边伸手要打我，我爸忙拦住了他们："我的孩子，只有我自己能打。"

每次闯祸之后，我都不会害怕，因为我知道有人会帮我善后。爸爸是个特别强壮的人，长得也特别凶，所以我才敢如此嚣张。

我最常说的一句话就是："谁敢欺负我，我让我爸来收拾他。"在我的眼里，爸爸是这个世界上最厉害的人，谁都打得过。

我的世界都是由爸爸顶着的。爸爸愿意为我做的错事买单。就像是他一边教育我要节俭，一边偷偷给我塞零花钱一样。

我不知道的是，外表看起来的强壮和凶恶，不过是中年人发福和喝酒的结果。虽然他会打我、会凶我，但是别人一下都不能碰我。受了委屈，我哭着回家找爸爸，他会一拍桌子带我去讨公道。

我更不知道的是，在吵完架后，爸爸又买了东西给人道歉。他并非无所不能，他是真的爱我，舍不得自己的宝贝在别人那儿受一点儿委屈。他宁愿自己累一点儿、苦一点儿。

我有一个男性朋友,长得又高又帅,天天顶着一张帅气的脸去"祸害"小姑娘。我一直以为没人能收服得了他。

他是一个永远都不会去上早课的人。他不喜欢学习,讨厌上课,逃课成瘾。他天天晚上泡在夜店里,多少姑娘为了他喝得烂醉,在马路边吐得不行,他都不会去扶一下,甚至还会说:"可别吐我身上啊,衣服挺贵呢。"然后拍拍手就走开了。

可是后来,这个"渣男"收心了。

每一天,无论刮风还是下雨,他都会到楼下给他女朋友送早饭。夜店什么的,他压根儿就不去了,甚至会半夜爬起来去接聚会喝多了的女朋友。他女朋友吐得哪哪都是,他会耐心地收拾得干干净净。

现在每天总能在教室第一排看见他,他说:"不好好学习就没本事,以后拿什么娶女朋友回家啊!"

他现在已经为爱化身成为超人了。

遇到想守护的人,我们就无所不能。就像他愿意放弃原来的生活习惯,愿意为了她成为一个更好的人,不为别的,就为了不让她吃一点儿苦。

挡住这个世界的恶意,只为保护你。

我记得有人说过:"我很感谢我的前前任跟前任,

他们一个让我变成了懂事的女孩，一个让我变成成熟的女孩。而我最要感谢的是我的现任，因为他让我变回了一个小孩。"

被人宠成孩子是一件多么开心的事呀。

让我印象最深刻的是一个朋友的故事。她大学还没读完就早早回家结婚了，她是我知道的同龄人中第一个结婚的。

在我还没从她已经结婚了这件事中反应过来，她就怀孕了。有时候真是觉得恍惚，时间就这么一下过去了。昨天还是那个爱哭鼻子的小姑娘，今天就已经变成了妈妈。

在我印象里，我俩争同一块糖果的事还像是发生在昨天。我们一起做梦，说要当一辈子的小公主，一定要嫁给白马王子。

如今，她有了自己的孩子。她生产的那天，我在手术室外等她。原来手划破一点儿都要哭好久的小姑娘，现在选择顺产，迎接自己孩子的到来。

女子本弱，为母则刚。

她说："我也不知道为什么，我曾经也想当一辈子的小公主，不要生孩子。因为生完孩子还要养他，身材还会变形，还会占用我生命中大部分的时间。但是，当他来到这个世界上的时候，第一次感受到他在我肚子里的时候,我就发誓,不管怎么样,我都要好好地保护他。"

你看,一旦有了生命里最在乎的人,小公主也会变成超人,会脱掉自己的小礼服,拿起宝剑,守护自己爱的那个人。

当你觉得岁月静好的时候,总有一个人在为你负重前行。

你要好好感谢和珍惜那个因为爱你而变得无所不能的人,他为你承担了很多的痛苦,屏蔽了很多的悲伤。

如果你变成了一个超人,那么我希望,他想要的都是你所拥有的。

你要相信,在你的生命里会出现一个超人,他会安排好你的全部。他会替你规划好你们的未来。你就安静地待在他的身边。你要做的是让自己变得更好,学会拒绝,拒绝身边一些乱七八糟的东西,将最好的留给你的超人,并在超人能量有限的时候给他充电。

在生活疲惫的时候,你要想想你自己所怀的英雄梦。或许我们都非常渺小,不足以成为英雄,但当我们坚守自己内心所热爱的东西的时候,我们每一个人都会变得跟英雄一样。

内心里的热爱,是从内心散发出来的火热,就像是大力水手吃了菠菜一样,有着无穷无尽的能量。

你有没有为一个人,拼过命?

第六章

以后的日子也要与温暖为邻

> 她在他面前,是个无论如何都无法强大起来的少女,柔软得像是四月的樱花,只要春风一吹,便是一树灿烂。毕竟那个人,是他啊!

熬过这些艰难的岁月

电视剧《北京女子图鉴》里面有一句很触动人心的话："有些年轻女人，曾想过凡事都靠男人，直到发觉男人并不可靠，才明白，最靠谱的底气其实是自己。"

真的，我想象过这样的生活，住在偌大的房子里，像只高贵优雅的金丝雀。每天就躺在大床上，有很多人伺候着自己，都不用说什么，挥一挥手就有人把自己想要的东西递过来。衣物间里面是各种时髦的衣服，还有各种别人艳羡的包包，用的袋子不超过一个月就可以打入"冷宫"了，永远不愁吃不愁穿。孩子出生之后就睡在金灿灿的摇篮里，从小锦衣玉食。

不需要操心房子里的事情，不需要煮饭、洗菜，甚至丈夫的工作也不需要操心，当然包括他说的那些合作伙伴。不知道今天丈夫出去做了什么，见了什么人。

可金丝雀是不能离开笼子的，她只能在笼子里扮演好自己的角色，她需要乖乖地听从命令。

如果对丈夫说自己想出去闯荡闯荡，丈夫会说：

"你在家里享受生活就好。"

于是金丝雀也有了自己羡慕的对象,她从未那样渴望像夜莺一样自由地飞翔。

近年来,主角定位为大女主的戏轮番上阵,从《东京女子图鉴》《北京女子图鉴》到《上海女子图鉴》等。

我在想,为什么这种以奋斗型女性为主角的电视剧层出不穷,而"玛丽苏"偶像剧越来越少?可能是我们这些女青年,从经历中渐渐发觉了这一点:最稳固的靠山始终是自己,而不是男人。

在这几年的生活中,我听过、见过太多的故事。

比如钱赚得越多,男朋友见得越少,最后男朋友说,咱们回到原来的生活就挺好;人越是优秀,家里面伸出的手就越多,今天是哥哥,明天是姐姐,永远帮不完;活在大城市,表面是光鲜的白领,实际要租房子啃馒头,没办法,在人前一定得光鲜……这是很多女孩子的真实生活。很多人后来没了联系,但即使如此,我仍知道这些故事里女孩们的选择——她们会选择留下来。

即使咬紧牙关,也想要财政独立;即使再苦再难,也坚持挑灯夜战。男朋友不满意,那就分手吧,家里伸的手也给得起。现在也许在租房子、啃馒头,但总有一天自己一定会实现经济独立……

这也是女孩们的生活，是她们结结实实体验过社会现实后的实际生活。

在《上海女子图鉴》预告片里，那个齐刘海、大眼睛，穿着标准的大学生毕业款正装，向前羞涩摇手的女生摇身一变：同样的街道，同样的人，她淡定地看着自己的来路，仅仅一个侧颜的特写镜头，大女主的气场就表露无遗。

其实两个她都很好看，一个清纯懵懂，一个雷厉风行。幸运的是，她们在同一个身体里，活在不一样的年纪。在上海摸爬滚打的这些年，她也终于懂得："什么才是真正的自由？真正的自由，是绝对不可能寄托在别人身上的。"

涉世未深的时候，女孩们的梦想也许是嫁入豪门，做有钱人。电视剧、电影里演的都是没钱、没本事但是就是命好的小女生，遇上一个长得好看又有钱，全家都喜欢的男神的"玛丽苏"剧情。似乎男生都只喜欢她纯真的样子，其他什么都不在乎，而女孩子只需要命好，就可以了。

然而，现在女孩们都学聪明了。

前些年我到泰国旅游，团里面有个长得很好看的小姑娘，她的男朋友是一看就很有钱，能把房子戴在手上的类型。一路上，两人都很腻歪。

我们去的时候正值夏天，泰国的夏季更是热得让人受不了，小姑娘身上穿的加起来都没有我一条裤腿的布多。无论去到哪里，小姑娘看中的东西都是由男朋友结账，小姑娘真的做到了只负责美。

说实在的，那时候的我很羡慕她的这种生活。泰国旅游业很发达，我们到芭堤雅海边的时候有很多自费项目，小姑娘的男朋友不喜欢这样的行程安排，就一直在岸边等。海边很热，人也很多，问了导游接下来的行程之后，他明显不喜欢这样的安排，于是和导游说他要立刻回国。

小姑娘回到岸边之后知道了这件事情，便劝男朋友不要这么任性。然后男朋友一激动，直接扭头就要走，要打的士回酒店收拾行李。

小姑娘只好一直跟着，一边劝，两个人一直在路边拉扯，人们都很好奇地看着这一对原本腻歪恩爱的情侣。

当时我就站在一边看着这一场闹剧。那是我第一次觉得，对于女生而言，钱和能力远远比脸蛋更重要。经济独立，是一个女人的底气。

很多女人觉得，嫁人就是求一个安稳，求一个避风港，靠岸就可以免忧、免灾难。穷有穷的过法，富有富的活法。她们想要乖乖地当一个家庭主妇，每天为老公、为孩子辛勤地付出，打理柴米油盐酱醋茶，扫地、拖地、洗衣服、晾衣服也样样熟练，从父母家里的公主变为现在家里的保姆。每月开心地拿着老公给的家用，用老公的钱逛着菜市场，过节则由老公帮自己清空购物车。对于这样的生活，她们已经觉得满足了。

可生活总不会一直像你想的那样顺风顺水。有一天你想要去旅行，巴黎铁塔和罗浮宫是你最想要去的地方，你还想要到各种免税店买东西，重拾购物的乐趣，却发现自己存折里面的余额少得可怜，那卑微的数字像是一副脚镣，让自己无法走远。每个月你都持家有道，可是老公给的钱永远都只是刚刚好。

有一天结束家务后你抬头看自己，才惊觉自己早已经习惯了待在家里，不习惯花时间护肤，生完孩子身材也开始走样了。此时，你终于开始怀念以前那张好看的张扬的脸。

有一天你看到身边的同学都神采飞扬地在自己的领域内奋斗，你的孩子也已经可以独立学习，不需要太花精力了，你便想要重出江湖。但是家里无论是老公还是孩子都持反对意见。其实你也没底气，毕竟离开行业太久，业务生疏了许多，连一些基本规定你可能都忘了。

经济不独立的女人就像是被锁在港湾中的加满油的船，一直被保护着，无法离开。可是待在港湾里就不能欣赏大海上的日出日落，不能体验追逐海浪的乐趣了。

而经济独立，则是解开锁链的第一步，它让你随时可以出发，也随时都可以靠岸。

经济独立的女孩，才有资格和她的另一半披荆斩棘、携手同行，才能够更好地理解自己的另一半，互相扶持、一起成长，才能在被生活一再刁难的时候，不慌乱、不紧张。

姑娘，要求你经济独立，并不是要你和别人比谁更有钱、谁爬得更高，而是只有经济独立的女孩才能拥有选择的权利。无论何时何地，她都可以随自己的心走，而不是被迫和一个带永久锁的港湾结合。当你的伴侣和你处在一个层次，为你的能力赞叹，也爱着你的小脾气时，你就获得了自由，这样的自由，才能给你带来快乐。

千万不要试图用你不独立的经济去考验婚姻，那样的结合只会离爱情越来越远。

你们会为了一日三餐埋怨对方，会为了几十块钱的家用冷战。而你呢，则是会为了一场旅行的费用而忍受另一半的白眼，为了别人创造的舒适圈而永别职场，为了生活的稳定而委曲求全。

经济独立的女人身上是带光的，我能想象晚上十点钟还在公司加班的你：伸伸懒腰，看着空荡荡的办公室，随手拿起咖啡，脑海里面转过新思路，迫不及待地记下来，你告诉自己，只要这几个项目做好了，往上升几个层级不是什么大问题。

我能想象住在环境不好的出租房里的你：明明已经工作得很累了，回到自己的小地方后，还得忍受邻居深夜开音响唱歌的无奈。你安慰自己没关系，就当是音乐陪自己入睡了。

我能想象被上司骂得一无是处的你：你无法想象这些恶毒的话语竟能够一次性地从一个人的嘴里说出来。明明几个人的工作量全压你一个人身上，上司却只会挑毛病。你躲在茶水间里连哭都不敢大声，但是你知道，总有一天自己能够爬到上司的头上，将原话扔回她身上。

熬过这些艰难的岁月，你一定能得到你想要的。

还是那句话：姑娘，愿你有跑鞋也有高跟鞋，喝酒也喝茶，有勇敢的朋友和厉害的对手，能痛哭也可大声笑，有钱也有尊严，有最灿烂的明天。

我们都会有最灿烂的明天。

希望你还有坚持下去的勇气

这两天和朋友聊天,发现一件事,我们好像已经到了"一错过,对方就会结婚"的尴尬境遇里。

倒不是对方渣或人品差,只是我们都到了适婚的年纪,有各种生活上的压力。

这并不怪他。

在这个年纪,大家都想快点儿安稳下来。或者换个说法,大家的父母都期盼着自己的孩子快点儿安稳下来——这是父母关于我们最大的心愿了。

在中国人上千年代代相传的观念中,结婚似乎就是一种最好的告别青春的方式,也是最好的让自己安定下来的办法。

两个人到了适婚的年龄,条件相当,性格互补,相处个一年半载,在这过程中没有明显的冲突摩擦,两方家长约个时间见面,双方亲戚走动一下,然后这件事基本就算是定下来了。

小时候我们谈分手,按下的是和这个人相处的暂停键；现在我们谈恋爱分手，按下的是彻底翻篇的告别键。

朋友前几天参加了她前男友的婚礼。收到请柬的时候，她犹豫了很长时间，考虑自己究竟去还是不去。

他俩在一起六年，以为最后一定会结婚。可是事与愿违，她收到了前男友迎娶别人的请柬。

去参加婚礼的那天，她收拾得特别漂亮，戴了不常戴的配饰，甚至前一周还特意去理发店染了头发。她说在路上等红灯的时候，她忽然想起来很多事。想起上学的时候，他俩说要一起去外地买房定居；想起他有个特别烦人的二姨；想起他家楼下包子铺做的芹菜馅锅贴特别好吃；还想起他们一起养的那只狗，只是还没等起名，狗就跑丢了……乱七八糟地想了一路，即将到达的时候，她才想起来当天的关键。

要是碰见男方父母该怎么说话，如果遇到之前的朋友，又要说点啥。她去礼金台领了个红包，塞了五千元。登记份子钱的人是他弟弟，他一边乐一边登记说："你给这么多钱干什么，咋了，富裕了啊？"还是和原来一样打闹开玩笑，完全没有她想象中的尴尬。

她想说原来在一起的时候，也花了男生不少钱，这大概是最后一次给他花钱了，想补上点儿。话到嘴边，她又咽了回去，觉得不合适。也没有人真的想知道原因，这句话也就是客气地问候一下,在人家大喜的日子里强行煽情、找存在感,又何必呢?

她也碰见她前男友的父母了,大家只是远远地点头,相互笑一下,没说任何一句话。他们好像都放下了,放不下的似乎只有她。

我问她为什么去,是因为舍不得吗。她说:"也不是,就是挺想知道他最后到底娶了一个什么样的人,想看看新娘子长啥样。"我说:"好看吗?"她说:"就是普通人啊,就是怎么也想不到后来的他会找什么样的,看到了,也就踏实了。不过,客观来说,挺相配的。"

她俩的事我多多少少知道一点儿,从上高中就在一起,一起考学去外地,在一起好几年,然后分分合合很多次,最后还是分了。

在彻底分手前,她和我说过她在研究婚纱。然后就再也没有然后了。再然后是他结婚了。

她说她坐在朋友席上,看他身穿西服,头发剪得特别正式。他拿着话筒,声音颤抖地感谢了一大圈人,感谢父母,感谢家人,感谢朋友。那时候她就在心里想,他会不会也在某个时刻感谢她,感谢这么多年来两个人在最艰难的时候相依为命,感谢在一穷二白的时候一起做梦想着两个人的将来。她也想过嫁给他。

也是在那天,我们聊到了这个话题。我们好像已经到了一个一错过,对方就会结婚的年纪。好多人的错过,是莫名其妙的。

可能是觉得自己还不够好、不够成熟,可能是觉得相聚会有时,可在人生高处再相遇。可能是因为一次争吵后放的狠话,两人陷入长久的冷战里,微信删了加,加了删,来回几次后,聊天的频率越来越低。想着以后慢慢就好了,大家还会走到一起的。甚至可能只是觉得自己太胖了、太丑了、太穷了,性格太不成熟了,而不断地把这份感情搁置。两人都想着,自己现在还不成熟,再等等吧,等到一个"水到渠成"的时候,等到我们都成为理想型的自己。

一个做电商供应链的朋友说,他们分开的原因很简单,因为自己没钱。倒不是女生在意,而是他自己作为一个男人,感觉配不上她,怕耽误了人家,所以想着,先放下儿女情长,自己出去打拼创业。他想着,等有钱了,再回来找她;等有钱了,再站在她身边,底气也能足一点儿。

他离开老家,去了杭州,一头扎进创业的大潮里面,和一群人精打交道,说着各种高深的术语。他挣扎了两三年,可还是没能达到自己理想中的状态。

在某天夜里,他一如既往地焦虑,刷新微信朋友圈信息的时候看到对方发布消息说自己准备结婚了,找了一个条件很普通但是很靠谱的男孩,是当地一所高中的体育老师。

一切来得那么毫无预料,让他措手不及。他原本以为,他们之间还是有以后的。然而女孩的青春真的太短暂了,她等不起。

他回头想想,自己已经离开家两三年了,两三年足够发生太多太多有关人生轨道的改变。这事怨不得女孩一丝一毫,女孩可能对他的计划都毫不知情,但是他就是挺想哭的。

本想着一举成名天下闻,然后衣锦还乡地回到老家,娶妻生子,给他们最好的生活。然而剑未练成,人已远去。

他说,从那天起,他真切地感受到了一种虚幻和茫然。他想起很多年前一篇火爆全网的帖子:《相恋八年的女朋友今天结婚了,新郎却不是我》。

无论我们有着怎样的外表和心态,无论我们多么积极乐观,甚至对未来有着多么彻底的期待,但是遗憾的是,岁月和时间总是很实际。我们总会在某一刻清楚地认识到,自己已经过了那个可以任意妄为的年纪了。到什么阶段,就要扛起什么阶段的压力。

在这个年纪啊,感情是经不起错过的。

成年人的世界大概就是这样吧,不只害怕错过工作，也同样害怕错过爱情。

到了这个年龄阶段，身边的人都陆陆续续地结婚了，甚至有不少人都已经为人父母了。我父母一直说，人其实是分批次的，到了什么年龄段，你就要做什么年龄段的事。这不是逼迫，而是规劝。

当你看到身边的同龄人都在陆续地结婚成家时，你心里难免犯嘀咕：和自己适龄的优质异性会不会都被别人挑选走了？

于是单身的人就经常被人劝告，快找个人谈恋爱吧，谈恋爱的人又常被人劝告，两个人相处到一定程度就结婚吧！

我们现在好像真的已经到了一旦错过，对方就会立马结婚的阶段。等适龄的人都找个"差不多"的就结婚了的时候，我们面临的局面就是，连个"差不多"的人都找不到了，一点儿退路都没有了。

其实说分手这件事不会让人有多难过，但是一想到他要和别人结婚，就很戳心窝子了。

我们这个年纪挺尴尬的。动过几次毫无结果的真心，也见识过各式各样的花招路数，最后看什么都觉得像是套路，一眼能看破对方在想什么，在藏着什么小心思。相互试探的过程里充满了功利心，这就失去了很多乐趣。

相处得太快,会觉得对方目的性太强,肯定不怀好意;接触得很慢,又觉得对方大概是举棋不定,应该同时聊着很多人。

年纪越大,越难交付真心,我们也已经到了没有勇气再等一个人三五年的年纪,我们越来越难找到合适的伴侣,也变得越来越实际、越来越讲究效率。

而爱情本身,就是个依靠想象力的东西。如果遇到还能让你心动、割舍不下的人,一定要说出口。得舍成败并不重要,而这个年纪的我们,真的再经不住错过了。

能直言不讳地表达爱是种特别了不起的能力。希望你还有坚持下去的勇气。

我想再为你穿一次白裙子

老实告诉我,你多久没有过那种对一个人怦然心动的感觉了?

仔细想一想,再告诉我。

我猜你大概是想了一下便不再认真思考,拿出手机开始寻找"附近的人",看到一个头像之后点进去,又退出来,来来回回好多次。过了没多久,刷完偶像的照片赞叹"好好看"之后,你开了化妆台的灯,短短半小时后,你就化好了妆,准备出门狂欢。

回家之后,你打开微信,小心翼翼地滑到"不看他的朋友圈",点进了唯一的一个头像。

这时你开始思考我问你的问题。

换作几年之前,你可以很清楚地告诉我,精确到什么时间、几个小时、几分钟,甚至几秒钟之前,你又一次成功地创造了偶遇。

研究了好久他的路线,几点钟他会出现在哪里。从家门口出来是天微微亮的时候,他会跑上几圈再回家收拾，七点五十到达便利店，拿了左手柜子第二排的面包，结账后左拐就是咖啡厅，一杯美式咖啡，大概有半小时早餐的时间。这些你都能掌握得很准。

因为他，你开启了元气满满的早晨。他的样子比闹钟管用好几百倍，你明明就是个晚睡的夜猫子，早上却能够"噌"的一下弹起来。

只要出门在拐角处看到那个熟悉的身影慢慢靠近，你的心就会狂跳不已。

然而他的时间变了，他开始比平常都要晚四十分钟才出门，虽然你感到很奇怪，但是总算很快地调整了过来。这天你忍不住好奇心，趁着买单时和便利店店员闲聊。店员好像知道为什么他的时间变了。他本人的说法是："就是单纯地想让那个人多睡一会儿。"

你回头看到他破天荒地没有早早左拐，而是好像已经知道了什么似的，在看着谁。

从便利店的柜台到门口的距离一共是十步，你记得很清楚，你的心狂跳起来。你根本没办法迈步，但是狂喜到连上翘的嘴角都压不住。

以前这样奇怪的偶遇，现在看来是很费时间、费精力的，甚至可以说有点儿傻，要被现在这样猎手般的自己嫌弃几百次。

可我如果问你的选择，你大概还是会义无反顾地抛掉现在的生活，赌上一切，只为了再一次见到那张连做梦梦见都觉得奢侈的脸。然后你不顾一切，只想和他在一起。

女生在爱情这条道路上，其实是一样的。无论走了多少弯路，当了多少次没有感情的司机，只要终点是他，这条路就不会再出现分岔口。

你问我为什么会这样？

明明已经到了什么都见过的岁数，也知道所有深情的套路，听到上句就能够脑补出下一句，什么样的男生都无法让你心动。当然也见过世上太多的龌龊，也嘲笑身边的朋友恋爱中盲目的模样，亲吻也仅仅是喜欢的标志，说是早已看淡了一切。

是的呀，我们也免不了在世俗中学会很多，也远离了很多。

可是当我们走出家门的时候，也能看到晨曦的街道上为家人买早餐的平凡夫妻，能看到街上正为了吃什么而吵架的小两口，看到街灯下手牵着手走向自己小窝的情侣，看到一手抱着孩子一手搂着妻子的男人，看到刚收到鲜花还低着头沉浸在自己的世界里的小姑娘的身影。

他们的另一半，就藏在心中最柔软的角落里。

那些映入眼帘的女孩们，可能昨天还在和我们一起蹦迪，可能前不久还化着浓妆，但今天，她们卸载了所有的交友软件，穿上了小裙子，牵起身边的那个他，耳边没有了热烈的节奏，全变成了他的情话。

最后当我们也成了故事的主人公时，我们原谅了之前所有的不美好。

星爷那么多喜剧的女主角里，柳飘飘给我的印象最深刻。

她是夜店里面老练的舞女，是猜拳、喝酒、吹牛的能手，吸烟的模样很吸引人。她拿起折凳就是武器，脸上的妆一层又一层。

为了店里学生之夜的主题，她穿上了学生装，满嘴粗口把客人都给吓跑了。她真的不像是个青春、清纯的女孩，穿着好看的学生裙，却一点儿也没有学生气。

可是后来她在尹天仇面前，小心翼翼地探问着他会不会养她。明明是很爱钱的人却拒绝了客人的邀约，即使被打也不答应。她得到尹天仇的肯定之后，开心得在马路上直接蹦了起来。

快到片尾的镜头里，她怕尹天仇丢下她，径直蹲在门口织围巾给尹天仇。等到他回来的那一刻，立马上前噼里啪啦地一顿质疑，不再是夜店里面完全不在乎少了一个客人，视万千男人为过客的那个她了。

在爱人面前，她终于变回了少女柳飘飘。

女孩们并非为了男生改变自己，她们只是卸下了伪装。

其实女孩们的心的"房间"里一直住着一个人,从猫眼看出去,多少人来来往往经过这里,但是因为那个人住在里面了,所以心门不再向他人打开了。当没有了那个人的时候,就只能在门外闲逛,和不同的人走一样的街道,直至特别的他出现,她们才又回到自己的心。

每个女孩心中也都藏着一个少女,一个只为一个人穿裙子,只为一个人变美、变好看,只为一个人痛哭流涕的少女。

当那个人出现的时候,少女就会跳出来。

她只想为他一个人洗手作羹汤,即便是又脏又乱的菜市场,她也愿意每天拎着小袋子去逛逛,心里面想象着他幸福的吃相。她只想和他一个人逛商场,姐妹、闺密也可以放到一旁,每一件好看的衣服穿到自己身上,都希望他是第一个欣赏的人。她只想因为他方寸大乱,即便在公司里是翻云覆雨的女强人,她也愿意卸下所有的防备,因为他的一次发脾气、一次闹矛盾,享受小吵小闹、没有逻辑的耍花腔。她只想为他打破常规,接触以前看都不敢看的小动物,看球赛时认出跑来跑去的球星,尝试吃以前绝对无法想象的路边烤串。

她在他面前,是个无论如何都无法强大起来的少女,柔软得像是四月的樱花,只要春风一吹,便是一树灿烂。毕竟那个人,是他啊!

总有人一直等着你，无关爱情

出现在好友列表里的人，未必真的是好朋友，但出现在黑名单里的人，一定有彼此曾动心过的人。昨天晚上我才知道一个很多人都不知道的微信规则，温暖了我整整一天。

为什么明明都删除好友了，可是对方在你的微信朋友圈信息下的评论还在？那是因为他没删除你。这点我是真的有感同身受的时候。

我常常都在怀疑微信是不是存在什么故障：为什么有些人我们删了好友，连带着他给我点的赞、留的言全都没了，而有些人的信息却一直还在？

直到昨天有人告诉我，是因为你删除的那个人，根本没删你好友，如果互删的话，就什么都留不下来了。

我听完，微微出神。

翻看以前的微信朋友圈，看着那些人虽已不在我的好友列表里，却还停留在我的朋友圈评论区里。你删掉了对方，但是对方没有离开你。

我处处害怕愧对谁。于心有愧，应该是对我们这类人最残酷的惩罚了，然而我确实愧对过一个人。

这已经是很多年前的事了，四哥不是我哥，他是我曾经的男朋友。准确来说，四哥是我相处得最久的男朋友，也是对我最好的男朋友，他甚至为了和我同城，差一点换了坚持了六年的工作。

我们俩分手的原因很普通也很狗血——因为异地。

不过不同于小说，没有声嘶力竭的争吵，没有大张旗鼓的告别，先走的人是我。

有人说被偏爱的总是有恃无恐，我可能就是那个被宠坏了的孩子，觉得他什么都会依着我，我做什么，他也都不会怪我。和他分手后，我很快就和其他男生在一起了，不过和那个男生也没能走多久。分开的原因是什么，我也说不上来，可能两个想找新鲜感的人凑在了一起，以为短暂的温存就是爱了。想要挣开一切彼此抱得更牢一点儿，到手后才知道，那不是爱，是好奇和逗强。

叫后来的男生为小井吧！

我和小井正式在一起的第一天，他发誓说一定要好好对我，不辜负我，要出门给我"整"个世界。我说："哈哈哈，那你去'整'吧！"

在一起的第一个月，我们开始发现各种心有灵犀的无声矛盾频繁地蔓延在空气里，尴尬且不合时宜。

我俩都是聪明人，他不问，我不提。其实那时候，我已经隐隐约约地觉得我和他可能真的不适合。

但是我不认输，赌气般地把我和小井的照片发到了微信朋友圈里。我希望这场内心的暗战，我能赢，虽然对手从始至终都是我和我自己。

我总想证明我离开四哥后来又选择小井是因为找到了人生的真爱，是跟随了内心的指引，是弃暗投明，是开创新天地。

人犯了什么错，都想着把错误合理化，我当时就是这么想的，所以我常常制造出一种我和小井无话不说、如胶似漆的假象，用来迷惑别人，也为了麻痹自己。时刻在心里一遍遍地给自己洗脑，假意地告诉自己：别愧疚，别难过，你的选择是对的。

照片发完，收获了意料之内的上百个赞，小井也点了。他抱着我说："你真甜。"我笑着回复他说："桃味儿的。"说完的时候，我的心情忽然变得好苦涩。

我这是在干吗呢，自己骗自己？实际甜不甜自己不知道吗？我真的对这份感情有信心吗？我们还能继续甜多久呢？

小井和四哥不同，他自己也是个孩子，爱玩，爱闹，爱新鲜感，要赢。这些和人品教养无关，而是一个孩子根本无法承担起照顾另一个孩子的重任。两个孩子可以在一起玩，但是无法长期相依为命地生活在一起，一起过日子。两个人中，总是有一个人要扮演大人。这事根本没办法，都想避风，谁当港？

在相处中，我们之间的争吵常会以各种无厘头的方式开始，最后再以彼此放狠话和互删好友结束。

那时候我俩在一次次争吵中，相互培养出了一种奇怪的默契——吵架后，比谁删除对方微信好友的速度更快。

总觉得先拉黑对方的那个人好像更牛气一样，我们甚至发展出来一套标准流程：吵架，放狠话，表示极其失望，再光速留给对方一个红色的感叹号，以此显示自己有多高冷孤傲，感觉这局自己赢了。

因此我们这么来来回回几次后，微信朋友圈的任何点赞、留言痕迹全都没能留下。

我以前一直以为，这是由于微信故障或者是我操作不当——同样都是拉黑的人，怎么有的评论就消失不见，有的评论就保留至今呢？

知道这个规则后，我又仔仔细细地看了一遍微信朋友圈，发觉我和历任男友之间几乎都没了任何关联，一句话都没留下。

但是四哥的评论一直都在。

四哥一直没删掉我。我曾经也抱着试试看的心理,把四哥从黑名单里拖回来。

毫不意外的,不需要添加好友申请,我一直在他的好友列表里,即使我对他展示的只有一条冰冷的横线,那我也在。

我像是小偷一样地窥视他的微信朋友圈,忍不住点赞了其中几条动态。他马上发消息给我,他说:"怎么还不睡?"

我一时语塞,胡乱地发了个表情应付了过去。

对于四哥,我始终有种内疚的羞愧。我说:"我和小井分手了。"他说:"我知道。"

我特别好奇地问他:"你怎么能知道呢?"

他说:"其实只是你单方面拉黑了我,但我这边,一直都能从其他的地方了解你的动态。咱们之前有个一起运营的微信公众号,你估计都忘了,也忘删了。你发的每条状态、每张照片我都有仔细看。有一天我看到之前合照照片被删掉了,我就知道,可能结束了。"他发来这句话的时候,我的心就像被针扎了一样,钝钝地疼。

他当时看的时候,是得有多难过啊,多难过才能一句话不说。

他继续讲:"其实分开这么久,我对你的生活了解得也不比别人少,除微信朋友圈外,我还一直有看你的微博,只是没敢关注。"

我有点泪目,我说:"四哥……"

他说:"好了啊,都过去了,以后各走各路,你是我妹妹,有事就找哥,哥一定尽全力帮你,祝你事业做得越来越红火!"

我说:"谢谢,其实之前的事,我对你蛮愧疚的,一直有话想和你说……"

他打断了我:"好好找个男朋友,把眼睛擦亮点儿,找个对你好的,别再被人骗了。你傻,心眼直,总被别人利用,自己要多注意。我睡了啊,傻姑娘,我都懂,不用说。"

后来有一次半夜点开四哥的微信朋友圈,发现他开始恋爱了。

姑娘一看就是很靠谱的女孩,不算漂亮,但是大大方方,很有气质,比我强。

我应该恭喜他,应该为他开心才对,他终于能从我这摊烂泥中抽身了。那些我曾经带给他的伤害,终于出现一个人为他抚平了。

可是当晚我做了一个很长、很长的梦,梦见有一只一直守着我的小兔子,忽然被人抱走了。

谈不上难过,我是为他高兴的,打心眼地希望他好，但是确实，我还是有一点儿讲不出口的落寞。

要是我早点儿明白就好了，要是我早点儿懂事就好了，可能结果就不一样了。我不后悔，但遗憾。

所以你现在懂了吗？

为什么有些人明明都删除好友了，可是对方在你微信朋友圈留下的评论一直删不掉？

那是因为他没删除你，即使你们的聊天对话框只剩一条横线了，啥也看不见了，但他还舍不得删你。

留着有什么用呢？

大概是可以回头看你们之间曾经的聊天记录，也甜过，暖过，默契过，幸福过。

大概是可以看你最近新换的微信头像、签名、朋友圈背景，以此来猜测你的生活近况，想象着有一天还能再次问好。

如果可以，回头看看你的微信朋友圈，看看那些已经被你除名好友的人的微信朋友圈留言，他们在等你，一直没有离开你。

那种毫无指望的喜欢，大概就是真的很喜欢了。

给你的男朋友多点儿耐心

其实判断一个男生或女生值不值得交往,是一件非常简单的事。但是往往我们都没有把这件事办好,弄一大堆试探,搞一大堆猜测,算八字,看星座,解命盘,其实是南辕北辙,结果大部分都是在和自己的想象力相处。

最直接的办法就是直接去问他的感情史,问他之前女朋友的状况,问他们的相处模式。

原来的我总是觉得爱一个人就要看他的现在,不要过问曾经。但是事实上,现在式过不了多久,就会成为过去式。过去式,也曾经是不久以前的现在式。

如果现在,你和他分手了,那也会成为他的"前女友"。所以,他和前女友们的相处模式,很大程度上,就是他和未来后续女朋友的相处模式。

真的不要低估一个优秀男人的前女友的智商。

如果这个男人特别帅气、特别优秀,能力又好,但他的前女友们却一个又一个地离开了他,他还是孤身一人、独守年华，这个时候，我们真的不要觉得这个男生的前女友们不识货，不要觉得这个男生有多么的可怜。很大程度上，前女友们的行为，已经帮你证明了这个男生有多么不靠谱。

最开始，在相识初期，以朋友的状态、路人的角度、兄弟式的聊天方式，和你的男朋友聊聊这几个问题，会为以后省很多心。

很多话，最开始好问，后面两个人关系近了，反而就没法说了。

有人说："问过去情史这件事，很尴尬。我想了解他，可以通过其他渠道啊！可以从他的朋友、家人、领导的口中，得到信息啊！"

哪怕是这些人都非常正直地和你实话实说，也没有办法验证他就是很好的人生伴侣人选。

在他领导口中，他可能是一个非常负责任的员工；在父母的口中，他也可能是一个非常老实的孩子。但是你要知道，这些人都不知道他在感情中，到底是一种什么样的状态。

他是如何解决感情问题的？他对感情的态度是什么样的？

在当下社会，每个人都同时扮演着好几种角色，比如某人的儿子、某公司的职员、某部门的领导、某人的父亲、某客户的专属顾问……大家都被撕裂、分成好多份。很多时候，在这些不同的角色之间，并不存在强关联性。所以，只有真的去旁敲侧击，了解他在感情当中的种种行为以后，我们才能知道，他在感情方面到底是什么样的一个状态。

下面四点，早沟通早好。

很直白地问，确实有种"没事找事"的嫌疑，所以可以含蓄地问，技巧性地提问。这样也不会给对方太大的心理负担。毕竟，我们所有做法的背后，都是希望更了解对方，而不是为了快速搞砸这段关系。

第一点：你要问他，为什么会和这个女孩子在一起？

这个时候，我们就会知道，是这个女孩的家境条件吸引了他，还是这个女孩的颜值外貌吸引了他，抑或是这个女生跟他很合得来，他们有一样的兴趣爱好。

也不用怕他会说假话。例如有个男生讲，我和前女友在一起是因为她很善良，因为她和我合得来。结果呢，你在后续聊天中发现，他交往的女友家庭条件都非常好。他所谓的那些女友的优点，其实都比较朦胧不清，有的甚至是假的，和你了解的完全对不上号。这个时候，你就会知道，其实本质上，他还是蛮看重女友的家境的，而非性格匹配度或者什么爱好适配度。你会知道,什么东西在他心里的"价值"排序更高。

有人更在意女生的身材长相,有人更在意女生的气质修养,有人喜欢霸气御姐式的女孩,有人对"门当户对"要求极高。每个人对另一半的价值排序,都是不同的。

第二点:你一定要去问,他为自己上一段感情付出过什么,或者说牺牲过什么?

这样你才会更直观地知道,他本质上到底是不是一个愿意为感情让步的人。因为我们知道,两个人的结合,不像小的时候伙伴们过家家那样,两个人在一起开心就行,我不用为了你去牺牲,你也不用为了我去承担,大家谁都用不着为谁去让步。过日子不是这样的,过日子就是一个不断拉扯的过程。两个人都想做甩手掌柜,不闻、不问、不负责,这日子就没办法长久过下去。

所以你如果知道了他在过往感情中,是不是处于一种愿意去付出、愿意去协商的状态,也就能知道在这段感情当中,你们大概可以走多远,而且也能通过这些描述,知道哪些部分是他可以协调、让步的,哪些是他非常在意且无法调节的。

第三点：可以问问他特别喜欢或者让他印象特别深刻的女朋友，和他是怎样的一种相处模式。那个女生是什么样的性格？后来他们又为什么分开了？

这个时候呢，他可能会隐约透露出对你的一些期待。他可能不会完全如实地说，会加入自己的想象去说一些话，但这并不重要。这个问题真正询问的只是他期待中的感情面貌，还有他的情感容忍底线。

通过这个问题，你得到的是他对你们未来的展望。

第四点：我称之为"绿茶式沟通"，虽然有人可能不是很喜欢这种方式，但是它极其有效。

因为问过以上问题后，他可能会在结尾处表一个态，类似和过往划清界限，或者觉得自己说前任种种的事情，可能给你的感觉不好，找补一下。例如他可能会讲："虽然前任有很多问题，让我很痛苦抓狂，尤其到了后期，每天都感觉到非常煎熬。但是我和她之间，回想一下，可能我也有很多地方做得不对，当时我也不太成熟，很多地方没有做好。"那这个时候，你就可以安慰性地说："其实你和那个女生，真的只是不合适，你某某方面做得很对。你在和她的相处中，比较容易生气，比较容易情绪化，那这些地方，我觉得你应该去改正，去换位思考，可能会更好。"这个时候，我们就在潜移默化地表达我们对他的期待，以及耐心温柔地引导他规避过往的错误，让他知道他对你要更耐心温柔。同时你也会留意到，他们感情中的那些会爆发的节点、那些会影响你们感情进程的节点。

在初期的时候，先做好正确的心理建设，再用后面的时间，规避可能的冲突。

最后我想说，前女友不一定是敌人。她是一个和你拥有同样情绪的女孩子。女孩子之间，不对立、不仇视、不相互消耗，而是应该以一种换位理解的角度去共情、思考。不要什么事都强烈地自我代入，更不要男生和你说完什么，你就情绪激烈，就常常没事找事。如果每次你都是这个反应，这就是名副其实的"钓鱼执法"。开始对方会强忍怒火地低下头哄你，但是内心会极其不满地想"不是你非要问的！"慢慢的，你们的关系就成了典型的"不能说实话"。

她曾经经历的，很有可能是你未来要去经历的。

我自己有个特别好的相处模式：把男朋友当朋友处，把老公当兄弟处。这样一来，双方都会感觉轻松很多。

他也不是神，也就是一个和你身边朋友一样，可能有点儿不完美，但是还算温暖善良的普通人。

给如我们一样的普通人,多点儿耐心。

男朋友的前女友,也是被他吸引后,又发现他身上无数缺点的女孩子。

她们,是前辈呀!

优质的亲密关系值得等待

你有没有发现一件事——二十五岁以后,动心好像越来越难了。

年少时,我们很容易喜欢上一个人,可能是他投篮的姿势很帅气,可能是她在阳光下的侧脸很好看,甚至可能是某一天对方穿了一件自己很喜欢的衬衫。

不知道从什么时候开始,我们变成了情绪稳定、克制内敛的成年人。

二十五岁像是心智变化的一道分水岭。

原来觉得自己可以为爱情牺牲一切,后来发觉其实爱情是生活里可有可无的一部分。

网上有个热搜的话题:我国单身成年人口2.4亿人。下面的最高赞评论是:"居然参与了一个2.4亿人口的项目工程。"

为什么我们不谈恋爱了?

一、没空

人是理性动物，年纪越大越现实。

我刚工作的时候，有一次搭一个三十多岁同事的车回家，无意中聊到"人生"这样的话题。

她说："你们小姑娘多好，该吃吃该玩玩儿，等结了婚有了孩子，就没有这么自由啦！"

我听完觉得这只是随口的抱怨，生活应该是五彩缤纷的，怎么会如此单调乏味？

结果随着工作的时间越来越久，我就像是换了个人，开启了全面的忙碌模式。白天工作，晚上加班，稍微空下来的时间里，就想自己一个人安静地待着，连话都不想说。放松的时候，我就想去吃自己喜欢吃的，做自己喜欢做的，不愿意再迎合别人的情绪。

简单来说，我就是愿意自己和自己待着。

二、没结果

回想一下，小时候谈恋爱和现在有啥区别呢？小时候纯粹是享受过程，可以陪他通宵打游戏，可以和他坐绿皮火车去穷游。有些用心的男生还会为了哄女生开心而去学着织毛衣、做手工。做这些事的时候，我们好像都没有考虑过，这些过程最后会带给自己点什么。和他在一起开心就行，享受过程，不求结果。恋爱一次，也就是图这个。

如今大家谈恋爱,最怕浪费时间,必须看到一点儿进入下一阶段的可能性,才会继续。朋友说,那种热烈无畏的恋爱,只能发生在二十五岁之前,发生在没有生活压力的时候,作为解压放松的消遣。

后来的恋爱就像老房子着了火,但是如今的房子那么贵,又有谁愿意让它轻易烧起来啊?

三、没精力

其实仔细想一想,不谈恋爱的理由很好懂。无非就是——爱不动了,爱不起了,毫无结果,所以累了。一旦谈恋爱了,你就要舍得花时间给对方,这个工作后的年轻人理解得更深——约会要问对方档期,而两个人都忙。约见面前,要提前再问一下档期,要两个人都有空的时候才能继续。

一个晚上加班到九点才下班,一个第二天早上八点就要打卡上班。请问要什么时间才能把这两个人聚在一起,好好聊聊天?

在特别忙又特别懒的情况下,分手好像都变得奢侈,你们根本没时间见面说分手。尤其是你经历过认认真真伺候的花骨朵,在要开花前被人连盆端走,你不得不再重新养一次花的过程后,你多少也会觉得倦怠了。

那天上网的时候，看到这几年离婚率居高不下，不禁心底一沉。但是实际上，每一个结完再离的决定，都非常慎重，都经历了每个家庭昼夜不眠的前思后想。

可能就是这样吧，爱一个人很简单，可长期相处、维护好关系，才是真正的考验。

科学研究认为，喜欢是多巴胺分泌的结果，说到底它不过是一个短暂的过程。爱实际上就是一种瞬间的即兴行为。可在更多的时间里，我们都在承担着多巴胺停止分泌的后果。

两个人在一起，总要花精力去培养感情，总要说很多很多话，但是每个人都有自己的生活。在短时间内，让对方对自己的处境完全感同身受，真的是一件很困难的事。其实每段感情都不是什么绝对契合，都是相互培养出来的结果。

我们本就是陌生人，怎么会彼此倾注如此强烈的爱意呢？命中注定的伴侣，是靠培养的。这样就来到了下一个阶段：我们也不是没有用心培养过，而是培养过后还是没结果。就和小时候写作文一样，你认认真真、一笔一画、洋洋洒洒、感情充沛地写了一篇三千字的作文，临到要交卷的时候，老师一把抢过你的卷子，说你态度不够端正，又重新给了你一张作文纸，让你从头开始写。

这类循环经历了几次，你哪怕有再多的灵感，都懒得再动笔了。年轻的时候，大家都很认真卖力地培养过几段感情，就像是细心呵护一个花骨朵，等待着它绽放的那天一样。半夜送零食，去很远很远的地方看他，憧憬和他的未来。尽心尽力地付出，不辞辛苦地把自己成长的几十年都和对方细数一遍。一起订计划，定目标，想着要一起过更好的生活。然后，一阵寒风袭来，经历了一点儿小波折，甚至都没经历过什么大波折，仅仅因为时间久了、感情淡了，然后，这段感情就画上了句号。

那盆花，倾注了你所有的肥料和时间，倾注了你所有对感情美好的期待和向往。花没了，再重新养一盆，这举动说来轻松，实际行动起来，却太难了。每次再浇灌时，你都会联想到最坏的结果：如果再失败，那我是不是什么都剩不下了？所以，最后我们也许会做一个选择——如果我不去碰它，是不是就可以免除一些不该出现的错付和心痛？

在二十五岁后，你会惊讶地发现，大家似乎心照不宣地达成了这种共识——比起工作，爱情是可以"牺牲"的。

当工作遇上生活，工作和爱情只能二选一时，这确实是一道现实的选择题。于是答案变成——爱情是可以牺牲的，工作当仁不让地排在了人生的第一顺位。

为什么呢？

因为确切的工作和变动无常的感情相比是看起来更具体且确定的，也是更易让人掌握的。好就是好，坏就是坏，你只要认真做，赚的钱就会更多。我们不敢放掉这份握在手里的安心。

如果说二十五岁是人生性格的一道分水岭，那么这道分水岭背后分割得最彻底的，大概就是对于生活和理想的映射。

二十五岁前，你最怕平淡；后来的你，最想安稳。小时候我们都曾经豪情万丈地说："一定会嫁给爱情。"长大了才发现，"合适"其实也没有什么不好。

二十五岁前，你心中的爱情是山无陵，天地合，乃敢与君绝；二十五岁后，你很害怕会出现这样的场景，因为你明白，这背后的代价，贵得让人心颤和心疼。

二十五岁后，一直崇尚自由的你，忽然在没有任何人催促的情况下，第一次自己开始慎重地思考什么是安定。

什么是安定呢？

大概就是可以接受平淡的、细水长流的日子，不需要惊心动魄。比起轰轰烈烈的天崩地陷，如今，平稳变成了你首要考虑的因素。

二十五岁以后，你惊诧地发现，当所有人都在鼓励你谈恋爱的时候，心动这件事，却变得越来越难。

你回忆了一下，近阶段自己荷尔蒙分泌得最旺盛的时刻，居然是看别人谈恋爱，是对着电视剧和短视频里的画面，脑补感情，那是生活里关于恋爱最甜的时刻。

好多人把年纪越大越难恋爱的原因分析为：成年人的世界很现实。因为他们时刻都在权衡利弊，计算时间成本、付出回报率、物质匹配度、整体成功率……越计算，就越疲惫、越胆小。

但是我们不妨从另外一个角度看。

年轻时候的自我认知是模糊的，我们不知道自己到底要什么，总在不停地尝试，容易为了心爱的人改变自己的形状，以致自己委委屈屈地伸展不了。而年龄越大，我们关于自我的认知就越清晰，就越了解内心真正的需求。越知道自己适合什么，无法接受什么，也就越明白自己究竟是什么样的。

不易心动的背后，是越来越了解自己的过程，而优质的亲密关系值得等待。值得庆幸的是，我们的情绪恢复比以往来得快了。

所有美好的事情即将发生

微信朋友圈被大家的十八岁照片刷屏了，大家都开始纷纷怀念起自己的十八岁。

许多人晒出自己十八岁时的照片，想证明自己年轻过，也颇有一种把江山让给新一批十八岁年轻人的悲勇。我总觉得，我好像去年才刚刚过完十八岁生日似的，还没等心智长大，人就已经不年轻了。

突然想回忆一下十八岁时的自己，发现照片太多，一时间找不出来，就开始凭空回想，十八岁的时候我在干吗呢。大概除了迷茫，就是在刻骨铭心地谈恋爱了吧。

你还能记得，十八岁的时候你在爱着谁吗？

说来也巧，我十八岁时恋爱的结束时间差不多也在年底，一如现在。只是那时候哭得死去活来，恨不得用尽一切力量表明真心，而如今，恋爱结束时，该喝酒喝酒，该吃饭吃饭。朋友们都说，真的一点儿都看不出来。

你看啊，才过了几年，人怎么就从撕心裂肺变得这么没心没肺了呢？

大概是心和肺，全被当时迷茫的自己给撕完了，导致现在喜欢的时候在担心被伤害，分开的时候也谈不上有多难过了。

十八岁的时候，你接触到第一个看起来还不错的恋爱对象。他家是外地的，一个你听过但是没去过的地方。你俩是同学，一起上课的时候认识的。

你们的恋爱说来也简单，每天相伴去食堂吃早饭，在校园里一起牵着手轧马路。你们终于敢明目张胆地当着老师和同学的面牵手了，你也可以很大方地和家里说，自己交男朋友了。

这种突如其来的松弛感，让你觉得你们的爱情被大家祝福和看好，你们可以携手走一生了。

放假的时候，你们分别回老家，有很长一段时间不能见面，仅有的联系也就是微信和电话了。他说："宝宝，我好想你啊！"你害羞地把脸埋起来，轻轻地说："你别说这种话，我多不好意思啊！"然后你暗暗下定决心去找他，这是你第一次一个人远行。

十八岁的时候，你没有多少钱，每个月的生活费也很有限。你坐不起飞机，买不起高铁票，就选择坐火车去见他。

火车开得真慢啊，去程要十多个小时，火车的声音可真吵，可是你的心里怎么就那么甜啊！觉得自己在做一件很了不起的事情，想想都觉得开心。

你一路辗转来到他所在的城市，他满含热泪地拥抱着你。你和他说火车上旅途的漫长。他低声说："以后我养你啊！"后来你把这话记在了随身带着的小本子上。

你们能在一起多久？你不知道，可是你就一心一意地想和他好。

二十五岁的时候，你的恋爱对象是聚会时认识的男生。

在朋友的生日聚会上，你们一起玩骰子。当时灯光很暗，周围很吵，你喊六个一，对方笑了笑，没开。看着他暧昧的眼神，你一下子就明白了，他对你有意思。

那天晚上他很自然地提出要送你回家，在酒精的催化下，临走之前，他直接抱着你的腰结结实实地亲了你一下。你没慌张，也没闪躲，调皮地笑了一下，然后推开了他。

你们工作都很忙，聚少离多，他经常出差，你也是。你们辗转在不同的城市，像是两只候鸟，飞在不同的地界。

那天晚上，他和你打电话说："老婆，好想你啊!"你下意识地回复说:"我也好想你啊,一直在等你回家。"

说完这话后,你顿了一下,想起十八岁时害羞的自己,那时的你绝对说不出这种话。

他在那边说:"老婆,那我给你买机票,你飞过来找我啊!"你犹豫了一下,看看手里的日程表,之后还要开会、加班,一共只有一天多的时间,觉得好匆忙。你说:"算了算了,我还是不过去了。"

你再也不会为了谁,坐十几个小时的卧铺去找他了,再喜欢都不会了。你们能走多久,你自己心里也没底。

你很喜欢他,清楚地了解他的家庭情况,想过和他结婚生子,但是也给自己留了充分的后退空间。你不会像原来一样追问他曾经爱过谁。

十八岁的分手对你来说简直是晴天霹雳,你哭了数不清的日日夜夜。你不懂那么深的感情怎么会说变就变,你发了很多超长的短信给他,用各种卑微的话来乞求他留下。也是那天,不会喝酒的你走进酒吧点了好多酒,泪眼蒙眬还不断尝试着把他添加为好友。

你两周没出家门,听着歌流泪,找遍了周围好友寻求安慰,然后你暗暗地发誓,以后再也不要爱上谁。

二十五岁的分手还是如你预料之中那样来了。很久之前,你就发觉你们之间出现了问题。

你们之间的话变得越来越少，他洗澡都要带着手机。你在工位上收到分手的消息，他说："你是个好姑娘，我对不起你，以后你一定要过得好。"

眼泪在你眼眶里打转，但是周围都是同事，你吸了吸鼻子，最终还是没有哭。你回了一句："好。"然后瘫软在座位里，久久回不过神来。

你很想去喝个昏天黑地，很想把自己藏起来，与世隔绝，但是现实不允许。你发觉自己甚至没有时间去照顾这些悲伤的情绪。成年之后，难过都要抽时间处理。你一个人拖着软绵绵的身体乘地铁回了家，打开灯，从冰箱里拿出一瓶啤酒小声抽泣。

这事儿你谁都没告诉，连微信朋友圈信息都没发，只是自己在心里下了一场雨。

你忽然怀念起那个十八岁的自己。

那个敢爱敢恨、犟脾气的腼腆少女，还有那份笃定和那个人走完一生的勇气。

那时候是真好，想法也少，要的也少，唯一的心愿就是一直一直和他好。

十八岁之前的日子是按天计，十八岁后的光阴是论年数，一年一个状态，一年一个境遇。我总觉得自己还是那个十八岁的单纯少女，带着一腔热忱面对生活，却再次被生活狠狠地虐了一把。即使如此，仍然怀着最澄澈的希冀，希望往后的每天都是更好的日子。

记得有个人说过：我们的十八岁过去了，又有一大批人迎来了十八岁。在感情里面，没人能一直年轻，但是我们可以做到的是，永远怀抱着那份打不死的"少女力"。

十八岁的失恋歇斯底里，二十五岁的分手悄无声息。

十八岁只有一次，但是可以带着十八岁的状态一冲到底。已是年末，那些破烂琐碎的事情也都变成了过去。希望每年的结尾，我们都可以对自己说："这是很好的一年，但是下一年一定更加有趣。"

希望我们永远怀着这份十八岁的单纯可爱的"少女力"，期待所有美好的事情即将发生，用十八岁的清透感，享受生活的每份给予。